龍の右腕、Dr.の哀憐

樹生かなめ

講談社X文庫

目次

イラストレーション／奈良千春《ならちはる》

龍《りゅう》の右腕《みぎうで》、Ｄｒ.《ドクター》の哀憐《あいれん》

1

都内でも総合病院として名の通った明和《めいわ》病院に勤務する内科医の氷川諒一《ひかわりょういち》は、どんなに忙しくても患者には優しく接するように心がけている。しかし今、日本人形のようだと絶賛される氷川の顔は引《ひ》き攣《つ》りまくり、患者に対する声音は刺々《とげとげ》しかった。

「どうなさいました？」

氷川は怒鳴りたいのをぐっと堪《こら》え、目の前で苦しそうに頭を押さえている若い患者を睨《にら》んだ。

「頭が痛くて、腹も痛くて、咳《せき》も出るみたいっス」

指定暴力団・眞鍋《まなべ》組の若き精鋭として売り出し中のショウこと宮城翔《みやぎしょう》は、下手な芝居を氷川の前で披露した。今朝、氷川を黒塗りのベンツで病院に送ってきた送迎係はほかでもないショウだ。いつもと同じようにショウは溌剌《はつらつ》としていた。

「風邪薬でも出しておきましょう。お大事に」

仮病だとわかりきっているショウに薬を出す必要などないが、何もしないわけにはいかない。氷川はショウに退室するように促したが、彼は不思議そうな顔で首を傾《かし》げた。

「聴診器当ててお医者さんごっこしねぇんスか？」

聴診器を胸に当てろとばかりに、ショウはシャツを自分の手で軽く上げた。

「な、何がお医者さんごっこ……」

氷川は声を荒らげかけたがすぐに我に返った。こんなところでショウを怒鳴るわけにはいかない。

「え？　だって、そうでしょう？」

「無用です」

氷川は冷たい声でショウに答えると、若い看護師を呼んで処方箋《しょほうせん》を渡した。

ショウは名残惜《なごりお》しそうだが、すごすごと診察室から出ていく。

氷川は大きな溜《た》め息《いき》をつきながら、次の患者のカルテを見た。新患名に覚えはないが二十歳《はたち》の男性ということにいやな予感が走る。案の定、新患として診察室に入ってきたのは眞鍋組の構成員である卓《すぐる》だった。クラッシュ加工が施されているアバクロンビー&フィッチのジーンズを穿《は》いている卓に、ヤクザの匂《にお》いはまったくしない。

「失礼します」

卓は苦しそうに腹部を押さえているが、仮病だということはわかりきっている。このまま帰らせたいが、氷川はぐっと堪えて医者の顔で接した。

「どうされました？」

「ついさっきから腹が痛くて……」

演技派なのか、腹痛を訴える卓の額には汗が噴き出ているし、顔の歪《ゆが》み具合も見事だった。ショウよりもずっと病人らしい。卓の演技力を皮肉交じりに褒めてやりたい気分になってくるが耐えた。

「整腸剤でも出しておきましょう。お大事に」

氷川は卓を横目で睨みつけてから処方箋を書くと、また若い看護師を呼んだ。

卓はショウのようには文句を一言も漏らさずに、そそくさと診察室から出ていく。氷川の怒りに燃える心の内がわかるからだろう。賢明な態度である。

明和病院は高級住宅街が広がる小高い丘に建っているので、患者の大半は優雅なブルジョワだ。ジーンズ姿の若々しい青年の患者など珍しい。それなのに、氷川の外来診療は青木のように若々しい青年患者が多かった。

なんてことはない、眞鍋組の若い構成員たちがこぞって氷川の診察を指名しているのだ。その理由はただひとつ、眞鍋組の二代目組長の妻と遇されている氷川の護衛である。もっと詳しく言えば、氷川の見張りだ。

氷川の大切な眞鍋組二代目組長である橘高清和《きったかせいわ》は意外にも神経質だ。氷川はうんざりしたが、清和や側近たちにしてみれば当然の処置だという。

ほんの数日前、舎弟にしてくれと乞《こ》われた元竿師《もとさおし》の遊び人についていき、氷川は清和の宿敵であった藤堂《とうどう》組に殴り込んだ。

清和だけでなく日頃は呆《あき》れるぐらい無口な松本力也《まつもとりきや》ことリキ、どこか飄々《ひょうひょう》としている鮫島昭典《さめじまあきのり》ことサメにまで、氷川はさんざん詰《なじ》られた。いや、眞鍋組関係者全員から非難がましい目を向けられたのだ。組長の妻が敵方の暴力団に殴り込むなど、前代未聞の珍事なんてものではない。

それ以来、氷川のガードは増えた。

心配させたのは自分だと氷川もよくわかっているし、深く反省もしている。わかってはいるが、この状態には納得できなかった。本当の患者に混じって入れ替わり立ち替わり、眞鍋組の構成員が診察室に現れるのはいただけない。健常者に時間を割《さ》くより、少しでも病を患《わずら》っている患者に接したかった。これは氷川の医者としての切実な思いである。

氷川はカルテに記された次の患者名を見て、がっくりと肩を落とした。おそらく、彼が眞鍋組で一番粘着質でしつこい。

「失礼します」

甘い顔立ちといいほっそりとした身体《からだ》つきといい、どこからどう見ても暴力団関係者には見えないが、三國祐《みくにたすく》は眞鍋組の構成員であり、新参者ながら二代目組長の側近中の側近だ。つい先だっての藤堂組との抗争は祐の指示で戦ったが、見事としか言いようのない手腕だった。しかし、祐はその手腕を褒められることをとてもいやがった。想定外の珍事を引き起こしたからにほかならない。よって、氷川に対する祐の態度は誰よりも辛辣《しんらつ》だ。

「どうされました?」

氷川は口を開きたくなかったが、医師として診察室にいる限り、患者として現れた祐に何も尋ねないわけにはいかない。根性を振り絞って優しい笑みを向ける。

「胸が痛いんです」

祐は胸を手で押さえて、苦しそうな表情を浮かべた。心なしか目が潤んで、どこか儚《はかな》げな風情《ふぜい》が漂っている。

氷川は祐の演技力に感心したが、それについては何も言わない。聴診器を手にしたが、馬鹿《ばか》らしくなって処方箋にペンを走らせた。

「痛み止めを出しておきましょう」

氷川は終わらせたかったが、祐は首を大きく振った。

「先生、痛み止めを飲んだら治るでしょうか? 俺には命より大事な方がいるのですが、目を離したら何をするかわからないので、もう心配で心配でならないのです。その大事な方がちゃんと保護されていないと、もう本当に胸がぎゅっと締めつけられるように痛くて……本当に苦しくて……」

切々と訴える祐を目の当《ま》たり《あ》にすると、氷川の胸のほうが痛みだした。何をどのように言えばいいのかさえわからなくなってくる。

「えっと……」

「大事な方を思えば思うほど恐ろしくなってくるのです。ご自分がどういう立場にいらっしゃるかわかっていないようなので」

祐のあまりの言い草に、氷川はとうとうきつい口調で言い返した。

「わかってるよ」

「わかっているならば、あんなことはしなかったと思うんですけどね？　あれだけじゃない、ほかにもあるんですけどね？　俺の大事な方はとてもおモテになるので」

氷川は高校時代の友人である滝沢浩太郎《たきざわこうたろう》に求愛されたことも、祐にネチネチと詰られ続けた。

久しぶりに再会した滝沢の熱烈な告白は、氷川にとって青天の霹靂《へきれき》以外の何物でもなかった。詰め込み式の勉強に励んだ高校時代、滝沢が自分にそのような想《おも》いを抱いていたとは夢にも思っていなかったのだ。決して短くはない時を経て、滝沢に熱っぽく口説かれても、清和を愛している氷川が靡《なび》くはずがない。

三日前の月曜日のことだが、滝沢には完璧《かんぺき》に諦《あきら》めさせている。祐もその現場を見ているのに、氷川に対しては容赦がない。

「……もう、いい加減にして」

耳を澄まさないと聞き取れないような声で氷川がポツリと言うと、祐は艶然《えんぜん》と微笑《ほほえ》んだ。

「それは俺のセリフです」

氷川と祐は無言で睨み合ったが不毛なだけだ。氷川は若い看護師を呼ぶと、祐を追いだしにかかった。手強い祐には他人の目がないと駄目だ。さすがに、祐も職場で氷川の立場を潰《つぶ》すようなことはしない。模範的な患者を演じて、若い看護師の乙女心をくすぐっている。祐は女性が嫌いだと公言して憚《はばか》らないが、女性の扱いには長《た》けていた。

次の患者も眞鍋組の若い構成員である。それも何を考えているのかわからないと評判の不思議系の信司《しんじ》だ。ジャストカバリのシャツとパンツを身につけている信司は、満面の笑みを浮かべている。せめて、病人のふりぐらいしたら、と氷川は言いかけたがやめた。

「どうなさいました？」

「えっと……胃潰瘍《いかいよう》です」

今朝、氷川の送迎係のひとりとして信司も黒塗りのベンツの助手席に座っていた。その時、氷川は信司の朝食の内容を聞いている。朝っぱらからとんかつ定食と長崎《ながさき》ちゃんぽんを食べてきたという信司が、胃潰瘍であるはずがない。彼はそれらしい病名を口にしただけだろう。理解《りかい》し難《がた》い不思議系の不思議系たる所以《ゆえん》だ。

「胃が痛むのですか？」

「はい、とっても胃が痛いんです」

にこにことしている信司は、左の胸を手で押さえている。

「そこは胃ではありませんよ」

氷川の指摘に信司はきょとんとしたが、手で己の胸から腹部にかけて撫《な》で回《まわ》した。

「あれ？　胃ってどこでしたっけ？」

信司相手にまともに議論しても時間の無駄だ。氷川は軽く息を吐くと、カルテに当《あ》たり障《さわ》りのないことを綴《つづ》った。

「……ビタミン剤でも出してあげよう。お大事に」

「え？　お大事に、ってもう終わり？　もっと話してくださいよう。二時間も待ったのに」

信司は駄々をこねる子供のように、唇を尖《とが》らせて足をばたつかせた。彼がヤクザだとは誰も思うまい。

「ここは病院だからね」

氷川は信司に医師の顔で微笑むと看護師を呼んだ。信司は若い看護師と楽しそうに世間話をしてから出ていったが、診察室に顔を出した次の男性患者はまたもや眞鍋組の構成員だった。それも清和の若い舎弟ではなくて、眞鍋組の重鎮である安部信一郎《あべしんいちろう》だ。病院に現れてもおかしくない年齢ではあるが、いかんせん安部には迫力がありすぎる。安部がいるだけで、白い診察室が任侠映画《にんきょうえいが》の世界に変わった。

「どうなさいました？」

「先生、俺は大失態をしでかしました。歳《とし》のせいでしょうか？」

還暦を軽く越した老人が『人生はこれから』と口にする病院において、四十代後半の安部など『若憎』と呼ばれる年代だ。

「まだまだお若いです」

「俺、実はつい先日、泡を吹いて倒れちまったんでさぁ。こんなこと、生まれて初めてです」

安部は照れ臭そうに頭を掻《か》きながら語った。

氷川が藤堂組に殴り込んだと聞いた時、武闘派で鳴らした安部はその場で泡を吹いて倒れてしまったという。氷川はその事実を、安部を父とも慕う祐から聞いた。

「そうですか」

安部に泡を吹かせた氷川としては詫《わ》びるしかないが、この場所では口にできない。ちなみに、すでに謝罪は済ませている。

「俺も歳だ……泡を吹いて倒れるようなことが、もうないといいんですが」

安部の言葉の裏に隠された願いに、氷川はちゃんと気づいている。苦笑を漏らすと、氷川は大きく頷いた。

「もうないと思いますよ」

その瞬間、安部は身を乗りだすと、食い入るような目つきで氷川を見つめた。

「本当ですか？」

確かめるように尋ねてきた安部には鬼気迫るものがあった。だいぶ、氷川の行動がこたえたらしい。

「はい……それで、安部さん？　今までいろいろと無理をしてきたんでしょう。一度しっかり検査したほうがいいかもしれませんね」

氷川は医師としての懸念を安部に抱いた。安部は命を大事にせず、若い頃から無茶ばかりしてきたと聞く。頑強な男で健康そうだが、どこか患《わずら》っているかもしれない。

「あ、それは無理でさぁ。俺の背中には鬼子母神《きしぼじん》が棲《す》んでおるんで」

無用、とばかりに安部はゴツゴツした手を軽く振った。安部は背中に極彩色の鬼子母神を刻んでいる。刺青《いれずみ》お断り、の看板を明和病院は出しているわけではないが控えたほうがいい。

「手術しますか」

「なんの？」

「鬼子母神を剝《は》ぐ手術です」

優しく微笑んでいる氷川の目的に気づくと、安部は椅子《いす》から腰を浮かせかけた。

「そ、それは勘弁しておくんなせぇ」

氷川ならばやりかねないと思ったのか、安部は真っ青な顔をしていた。

「ビタミン剤を出してあげます。お大事に」

氷川は安部を送りだした後、ワゴンに並んだ患者のカルテを見つめながら大きな溜め息をついた。

この分だと、清和の義父《ちち》であり眞鍋組の顧問でもある橘高正宗《まさむね》が患者としてやってきてもおかしくない。いや、リキやサメ、果ては清和までが患者として姿を現すような予感すらする。一枚岩と化した眞鍋組は強い。

氷川は机に肘《ひじ》をつくと、頭を抱え込んだ。この問題は誰にも相談できないし、誰の援助も期待できない。

「なんとかしないと……」

独り言のようにポツリと呟《むし》いた言葉は、机に吸い込まれていく。氷川は顔を上げることができない。髪の毛を搔《か》き毟る。

隣の診察室から漏れてきた中年患者の怒鳴り声で我に返ると、次の患者のカルテを手に取った。そして、患者名を見るとがっくりと肩を落とした。

2

深夜十二時前、氷川《ひかわ》はロッカールームでショウにメールを送り、身につけていた白衣を脱いだ。待ち合わせの定位置に着くと、すでに氷川送迎用の黒塗りのベンツが待機していた。ベンツによりかかって煙草《たばこ》を吸っている男がふたり、闇《やみ》に包まれた景色の中をうろついている男がひとり、合わせて三人いる。

「お疲れ様です」

氷川の顔を見ると、眞鍋《まなべ》組の若い構成員たちはいっせいに頭を下げた。卓《すぐる》が後部座席のドアを開けて、氷川に乗車を促す。

「ショウくん、卓くん、信司《しんじ》くん、今日は三人か……」

昨日は車三台で迎えに来て、ガードは八人もいた。一昨日《おととい》は車三台にバイクが三台、ガードは十人以上いた。昨日や一昨日に比べたら可愛《かわい》いものだが、氷川は溜《た》め息《いき》しか出ない。

氷川が後部座席に乗り込むと、卓も恐縮しつつ横に腰を下ろした。

「姐《あね》さん、失礼します」

「はい」

　運転席に座ったショウが、アクセルを踏んで車を発進させた。助手席にいる信司は真剣な顔で辺りを窺《うかが》っている。前方を走っている大型のバイクは清和《せいわ》の舎弟だ。後方に見え隠れする大型のバイクも清和の舎弟に違いない。

　自分に話しかけないでください、という悲愴《ひそうかん》感が卓から漂ってくるので、氷川はショウに声をかけた。

「ショウくん、前にいるバイクと後ろにいるバイクも眞鍋の子だね？」

　氷川の質問に、心なしか緊張した面持ちのショウが答えた。

「前が宇治《うじ》、後ろが吾郎《ごろう》っス」

　宇治と吾郎も眞鍋組の若き精鋭で、清和だけでなく幹部たちの信頼も厚い。氷川は神経質そうに指で運転席の背もたれを叩《たた》いた。

「行きも帰りも、仕事中も……もう、いい加減にしてくれないかな」

　ショウは氷川の文句がわかっているのに、白々しくすっとぼけた。

「なんのことっスか？」

「わかっているくせに……今日、僕の診察に眞鍋組の人、何人来たと思う？　患者さんのためにもやめてほしい」

　氷川の声も顔つきも険しいが、ショウは怯《ひる》んだりしなかった。

「姐さん、俺たちは上の命令でどこにでも飛んでいくチンピラです。上に言ってください」

いくら組長である清和に特別目をかけられているとはいえ、ショウは単なる構成員にすぎない。それは隣に座っている卓や助手席の信司にしてもそうだ。話をふられたくないらしく、卓は視線を合わせようともしない。無邪気な信司ですら口を挟もうとはしなかった。

「上っていうと清和くん？」

「そうです」

「そんなの、清和くんには毎晩、言っている。清和くんの返事は『下の奴らが』だよ」

昨日も一昨日も病院に現れる眞鍋組の構成員について、氷川は清和に文句を言った。

『清和くん、もうやめて』

氷川は清和の胸を軽く叩いたが、可愛い彼はどこ吹く風で流していた。

『下の奴らが……』

『下の奴らって誰？』

氷川は目を吊《つ》り上《あ》げたが、清和は視線を外したまま誤魔化そうとした。

『……みんな』

『みんなって、だから誰？』

氷川が鬼の形相で問い詰めると、清和は腹心たちの名を口にした。

『リキや祐《たすく》やサメやショウが……』

『組長は誰？　清和くんでしょう？　清和くんが命令すればいい』

『下の奴らの意見は無視できない』

清和にどんなに訴えても、側近たちの名で躱《かわ》されてしまった。眞鍋組の構成員に文句を言うと、清和の名を出して逃げられてしまう。眞鍋組一同で共同戦線を張っているような気がしないでもない。

「俺たちは上に言われた通り、動くだけっスから」

ショウは上層部を盾に逃げようとしたが、氷川の目は自然に据わった。

「上の命令を無視して敵にひとりで飛び込んでいくショウくんとは思えない言葉だね」

眞鍋組随一の鉄砲玉の無鉄砲さは、氷川もその目で確認した。ショウに生傷が絶えないわけもよくわかる。氷川がさりげなく口喧嘩《くちげんか》をふっかけると、好戦的なショウはきっちりと応戦した。

「姐さん、鉄砲玉は誰っスか」

その時のことを思いだしているのか、ショウの口調もきつくなった。よほど氷川の無茶に肝を冷やしたらしい。

「だから、もう二度としないって……」

「当分の間、見張らせていただきます」

ショウがきっぱりと言い切ると、助手席に座っている信司は何度も頷《うなず》いた。隣にいる卓も車窓に顔を向けたまま大きく頷いている。氷川に面と向かって意見する度胸はないが、ショウと同じ気持ちなのだ。やはり、彼らも眞鍋の男である。

「もう充分だ」

思い余って、氷川は後部座席のシートを叩いた。

「俺に言わず、組長に言ってください」

「清和くん……清和くん……も、もう……」

舎弟たちを盾に躱す清和には、お手上げ状態になっている。一途《いちず》な愛を注いでくれる純情な年下の男に、あのような手段が取れるとは思わなかった。

「組長を罵《ののし》るのはお門違《かどちが》いっス」

氷川はショウの口ぶりから、今回の共同戦線の主犯に気づく。清和には狡猾《こうかつ》な参謀がついているのだ。

「祐くんを罵ればいいの？」

ショウは氷川の質問に対する返事はせず、交差点でハンドルを左に切りながら堂々と言い放った。

「鉄砲玉の真似をしたご自分を罵ってください」

「ショ、ショウくん……ショウくんのくせにっ」

氷川が楚々《そそ》とした美貌《びぼう》を派手に歪《ゆが》めて怒鳴ると、ショウの周囲の空気がガラリと変わった。

「ショウくんのくせに、ってなんスか？」

ショウが背後を振り返ったので、卓が大声で前方不注意を怒鳴った。

「ショウ、前を見ろ。こんなところで事故ったらどうすんだっ」

やべっ、とショウはハンドルを慌てて握り直す。卓の言う通り、交通事故を起こしている場合ではない。

氷川はハンドルを握っているショウから、隣に腰を下ろしている卓に声をかけた。

「卓くん、僕の忍耐も今日までかな」

卓は車窓に視線を流したまま、震える声で氷川に返事をした。

「上に言ってください。俺は命令された通りに動くだけです」

卓の緊張感がじんわりと車内に漂うが、氷川は引いたりはしなかった。

「もうガードに何人もいらない、って卓くんから清和くんに報告して。これは二代目姐の命令だからね」

氷川の二代目姐としての命令を聞いた瞬間、卓は低い声で唸《うな》った。ショウも信司もそれぞれ声にならない呻《うめ》き声《ごえ》を漏らす。

「卓くん、清和くんにちゃんと報告してね。信じているよ」

「……姐さん」

「卓くん、僕の目を見て返事をして」

氷川は卓のシャツを思い切り引っ張った。

「その、本当に綺麗《きれい》ですね」

卓は引《ひ》き攣《つ》り笑《わら》いを浮かべると、まったく脈絡のないことを口にした。必死になって話を逸らそうとしている。

「卓くん、話を誤魔化そうとしても無駄だよ」

「いえ、そんなんじゃありません。本当に人形みたいに綺麗ですね、って言っているんですよ。男の姐さんなんて、って最初は馬鹿《ばか》にしていた奴らも、姐さんを見た途端、納得しています。夜の女にいないタイプだから余計にいいんでしょうね。危険ですからひとりでは絶対に出歩かないでください」

本当の話ですよ、と信司もショウも相槌《あいづち》を打っているが、氷川にしてみればそんなことはどうでもいい。

「卓くん、話を元に戻そうか。僕の今後は君の報告にかかっていると思うんだ。頼んだよ」

氷川は盛大に卓の肩を叩いた。

「姐さん、お、俺……」

「期待しているよ、卓くん」

眞鍋組が牛耳る夜の街に到着するまで、車内ではゴールの見えない言い争いが繰り返された。勝負はなかなかつかないが、眞鍋組のシマに入った時、卓の目はうるうるに潤んでいた。氷川の猛攻に白旗を掲げている。

「……ったく、こうなったら直接言うしかないのかな。ショウくん、眞鍋組総本部に行って」

氷川が金切り声を上げると、ショウは鼻歌を歌いだした。助手席にいる信司はショウに合わせるように手で拍子を取っている。

「ショウくん、白々しい真似はやめなさい。眞鍋組総本部に行って」

眞鍋組の総本部に乗り込んで何をするのか、氷川が説明しなくてもショウには通じている。だからこそ、ショウは眞鍋組の総本部がある大通りには向かわなかった。清和を思う可愛い舎弟心だ。

「ショウくん、そっちじゃないよ」

氷川が叫んだ時、赤信号で車が停車した。ショウは忌々《いまいま》しそうに舌打ちをしたが、滅多なことでは眞鍋組のシマで信号を無視しない。

氷川が再度ショウに凄《すご》もうとすると、車窓の外に愛しい清和の姿が見えた。ブリオーニの黒いスーツに身を包んだ清和のそばには、眞鍋組の頭脳であるリキに一筋縄ではいかない祐もいる。おまけに、小柄な美少年が清和にべったりと抱きついていた。彼は清和と同じように黒いスーツを着ているが、眞鍋組の構成員でないことぐらい氷川にもわかる。

ショウも気づいたらしく赤信号にも拘《かかわ》らずアクセルを踏もうとしたが、ドアを物凄《ものすご》い勢いで開けた氷川のほうが早かった。

「清和くんっ」

黒塗りのベンツから凄《すさ》まじい勢いで飛び降りた氷川に、清和は驚愕で目を大きく見開いている。後から真っ青な顔の卓とショウが追いかけてきたが、清和の広い胸に飛び込んだ氷川のほうが早かった。

「先生、どうしたんだ？」

氷川が抱きついたら、清和は拒んだりしない。その逞《たくま》しい腕で氷川の細い身体《からだ》を優しく抱き締める。

「その可愛い男の子は誰？」

闘志を漲《みなぎ》らせた氷川は清和に抱きついたまま、黒いスーツ姿の美少年を睨《にら》んだ。すると、彼は手を叩いてはしゃいだ。

「二代目の姐さんですね、俺、感動しちゃった。俺も姐さんならＯＫです。京介《きょうすけ》やオーナーが言っていたわけがわかった。俺も姐さんみたいな嫁さんが欲しい。いいな、組長は姐さんに毎日、メシを作ってもらえるんですよね」

目の前で歓喜の声を上げている若い彼に、氷川は胡乱《うろん》な眼《め》を向けた。

「……君は？」

「ジュリアスの菜月《なつき》です。よろしくお願いします」

氷川が嫉妬《しっと》の炎を燃やした相手は、ホストクラブ・ジュリアスのホストである菜月だった。歌舞伎町《かぶきちょう》にあるジュリアスは、眞鍋組がなんとしてでも手に入れようと画策している京介がいるホストクラブだ。

よく見ると、リキの腕にはジュリアスが誇る№2ホストの大輝《だいき》がぶらさがっている。こちらも菜月と同じように可愛い美少年タイプで、二十歳《はたち》だというが高校生ぐらいにしか見えない。女性客の母性本能をくすぐるホストだ。

「姐さん、もしかして、組長が浮気していると思って車から飛び降りたんですか」

祐が喉《のど》の奥で笑いながら、清和と菜月を交互に差した。氷川の嫉妬深さはすでに周知の事実だ。

「……あ、ジュリアスのホストってもしかして」

つい数日前の祐と京介のやりとりが、氷川の脳裏に浮かんだ。藤堂《とうどう》組との抗争で協力してくれた京介へ謝礼として、ホストクラブ・ジュリアスにリキが足を運ぶことになっている。ジュリアスの売り上げ№2である大輝が、リキに恋心を抱いてるからだ。あの時、祐はリキの確認も取らず、楽しそうに承諾した。

「そうです、京介への礼で今からジュリアスに繰りだします。京介にシャンパン・タワーを入れる約束をしていますからね。こっちの可愛いのが、リキさんにご執心の大輝です」

祐は満面の笑みを浮かべて、リキにしなだれかかっている大輝を差した。

大輝は恥ずかしそうに頬《ほお》を染めると、氷川に軽く頭を下げる。氷川も釣られるように、大輝に挨拶《あいさつ》代《が》わりの会釈をした。

「この子がリキくんに……」

尋常ならざる迫力を漂わせているリキと可愛らしい美少年タイプの大輝は、あまりにも印象が違いすぎて途方もない違和感があった。大輝のくりっとしている大きな目や肉厚的ながらも小さな唇は、まさに可憐《かれん》な少女のものだ。ふわふわとしている天然ウエーブの髪の毛は金色に染めていて、どこか西洋人形のようなムードが漂っていた。日本人形のような、という形容がつく氷川とは対照的な美貌《びぼう》だ。

「はい、可愛い顔しているけど女をその気にさせるテクは見事です」

女性客に恨まれないところも素晴らしい、と祐は大輝について付け加えた。京介とはまた違った意味で、女性に夢を売るプロフェッショナルだ。ホストを巡って女性たちの刃《にん》傷《じょう》沙汰《ざた》は後を絶たないが、大輝に関して物騒な噂《うわさ》は流れていない。

「そうなのか……って、清和くんはジュリアスに行かない約束だったでしょう?」

京介が祐に向けたセリフは一字一句覚えていた。

『祐さん、うちにいらっしゃる時は組長をおいてきてください。姐さんに怒られますから』

氷川の怒り具合を摑《つか》みかねているのか、祐はどこか遠い目をしながら、前髪を掻き上げた。

「姐さんが妬《や》くから組長を連れてこないでくれ、って京介に頼まれていたんですけどね。俺も姐さんを思うと組長をジュリアスに連れていきたくないんですけどね……」

氷川は祐をじっと見つめたまま、清和の身体に回していた腕にさらに力を込めた。

「清和くんが行きたいって？　若くて可愛い男の子と遊びたいの？　ジュリアスにはこんなに若くて可愛い男の子がいるんだね」

嫉妬心丸出しの氷川に、祐は苦笑を漏らすと手を振った。

「京介をほかの組の方も狙《ねら》っているんですよ。ぼやぼやしていると取られてしまいかねないので」

清和がホストクラブ・ジュリアスに足を運ぶ理由はひとつしかない。幹部候補として迎えたくてたまらないNo.1ホストの京介のためだ。

新しい眞鍋組を模索している清和が、底の知れない才能を秘めた京介を欲しがる気持ちは、氷川にもよくわかる。しかし、京介にその気がないことは明らかだ。あまりにも清和がしつこいので、今ではもう京介に避けられるようになっている。

「もしかして、また京介くんを眞鍋組に勧誘するの？」

氷川は唖然《あぜん》としたが、祐は当然とばかりに微笑んだ。

「そうです」

「無理だよ」

天と地がひっくり返っても、意志の強い京介の固い決意を覆《くつがえ》すことは無理だ。ヤクザに対する京介の気持ちを知っているので、氷川はきっぱりと断言した。元々、京介は暴力団を嫌っていて、仲のいいショウが眞鍋組の金バッジをつける時には大反対したという。

「必ず、京介は眞鍋に入れます。敵に回ったことを考えたらぞっとする」

京介はカリスマホストとして名を轟《とどろ》かせているが、その才能と実力はホスト業に留《とど》めておくには惜しいものだ。腕っ節も見事ならば気転の速さも抜群の行動力も傑出している。普段はホストとして秘めている京介の実力に、目をつけている極道は少なくはない。清和を可愛がっている関東随一の大親分にしてもそうだ。

けれども、どんなにいい条件を提示されても、京介が極道の世界に身を投じるとは思えない。眞鍋組にショウがいる限り京介が敵に回ることはないはずだが、清和や祐にしてみれば手をこまねいていられないのだろう。

「今から行くの？」

氷川が清和に張りついたまま尋ねると、祐はジュリアスのホストたちにウインクを飛ばしながら答えた。

「そうです、大輝と菜月の同伴でね」

清和は永遠の愛を生真面目《きまじめ》に誓ってくれている。意外にも純情な年下の彼を信じていないわけではないが、若くて魅力的な大輝と菜月を目の当《ま》たりにした今、清和をホストクラブ・ジュリアスに行かせるわけにはいかない。だが、二代目姐としては行かせないわけにもいかない。ここは笑顔で見送るべきだ。氷川は意を決すると、笑顔で見送ろうとしたが、咄嗟《とっさ》に妥協案が上品な唇から飛びだした。

「僕も行く」

意表を衝《つ》かれたのか、祐は瞬きを繰り返したかと思うと聞き返した。

「……え？」

「清和くんが行くなら僕も行く」

氷川の言葉を理解すると、祐はこめかみを押さえた。

「組長のメンツを潰《つぶ》すようなことは……」

氷川のガードについていたショウや卓、信司は真っ青な顔で固まっていた。バイクに乗っていた宇治と吾郎も、すぐそばで頭を下げている。眞鍋組の若き精鋭たちが氷川を止めていれば、このような事態にならなかっただろう。清和は鋭い目をさらに鋭く細めた。

「清和くんのメンツを潰したりはしない。けど、僕も行く、連れていって」

氷川は清和の逞しい腕をぎゅっと摑むと、歌舞伎町に向かって歩きだした。絶対に愛《いと》しい男の腕を離すまいと力んでいる。

氷川と清和の力関係はこの場にいる誰もがよく知っていた。初めて出会った時の歳《とし》のせいか、惚《ほ》れた弱みか、清和は氷川には逆らえない。

氷川のガードについていた舎弟たちに、清和は無言で顎《あご》をしゃくった。お前たちも全員、ついてこい、と視線で命令している。

ショウと卓は手を取り合うと、悲鳴にならない悲鳴を上げた。

「ひっ……ひひひひひっひーっ」

宇治や吾郎も蛇のように嫉妬深い氷川を知っているので、なんとも形容《けいよう》し難《がた》い呻き声を漏らした。死んでも行きたくないが、清和の命令ならば行かなくてはならない。清和に忠誠を誓う舎弟たちは、無言の組長命令を無視することはできなかった。また、気づかないふりをすることすらできなかった。

祐は清和と若い舎弟たちの様子を見て、シニカルな微笑を浮かべる。氷川の嫉妬心に怯《おび》えたりはしないが、ほかのことには注意していた。目下、二代目姐は眞鍋組の中で要注意人物のトップにランキングされている。

「京介も姐さんには甘くなるからいいか。ショウ、絶対に京介を怒らせるなよ」

祐は恐怖に怯えているショウの肩を抱くと、渋面《じゅうめん》の清和の後に続いた。リキはいつもと同じようにポーカーフェイスで、べったりと張りついている可憐な大輝とともに歩く。

「姐さんと組長がホストクラブ……」

今にも倒れそうな顔色の宇治と吾郎は、氷川に聞こえないように小声でひそひそと話し合っていた。

「組長に惚れてるホスト、あのハーフで女みたいな奴、なんて言ったっけ？」

「……名前は忘れたけどジュリアスにまだいるはずだぜ？　昼間はモデルしてる奴も売れない役者も組長に惚れていたはずだ。……俺、知らねぇぞ」

「組長が俺たちを呼ぶってことは、姐さんに気づかれないようにしろってことだろ？」

清和の意図がわからないほど、宇治も吾郎も鈍くはない。それゆえ、ふたりの下肢はガクガクと震えていた。

「無理だ」

「俺もそう思う」

宇治と吾郎はどちらからともなく手を握り合った。

「こ、殺されるかもしれない」

「いや、殺されたほうがマシかもしれない」

宇治と吾郎の悲愴感が漂う会話に、顔面を両手で覆った卓が口を挟んだ。

「大学生のバイトも組長にイカれてたぜ？」

卓によるジュリアスのホスト情報に、宇治は血相を変えた。

「組長に惚れてるホスト、いったい何人いるんだよ？　ホストにホモって多いのか？」

「ホモっていうより、女嫌いが多いっていうのは聞いたことがあるぜ。女が嫌いなほうがホストは成功するんだってさ。ほら、女から気兼ねなく金を絞り取れるから」

卓のホストに関する情報に、宇治と吾郎は冷や汗を流す。大事な組長のためにどうすればいいのか、若い舎弟たちはしきりに悩んだ。

信司と菜月は仲良く手を繋《つな》いで楽しそうに歩いていた。妙にちぐはぐなふたりである。

「菜月くん、女の子みたいに可愛いね」

信司は菜月の可憐な容姿に目を丸くしている。菜月も明るい笑顔で信司の容姿について正直な感想を口にした。

「信司くんはヤクザに見えないね」

「うん、よく言われるんだ。菜月くんもホストに見えないけど？」

「うん、よく言われる。黒いスーツが似合わない、ってさ。でも、黒いスーツでも着ないとホストに見えないって」

のほほんと呑気《のんき》な会話を交わしていたのは、無邪気な信司と菜月のふたりだ。

かくして、歌舞伎町でも評判のホストクラブ・ジュリアスに眞鍋組一行が乗り込むことになった。

清和の舎弟たちが迫りくる恐怖に怯えているなど、むろん氷川は知《し》る由《よし》もない。

カリスマホストのひとりとして絶賛されている京介は、想像を絶する事態に目を見開くと、力なくポツリと漏らした。

「なんてものを連れてくるんだ」

魂を吸い取られたような京介の視線の先には氷川がいる。心の中で呟《つぶや》いたつもりが口に出てしまったらしい。京介らしからぬ失態だ。

氷川は清和の腕に自分の腕を絡ませたまま艶然《えんぜん》と微笑《ほほえ》んだ。

「京介くん、僕がいたら困ることがあるの？」

氷川の一言で辺りはしんと静まり返った。

ホストクラブ・ジュリアスには清和を恋い慕うホストが何人も在籍している。そのことを知らないのは清和の妻として遇されている氷川だけだ。ショウは店の外に逃げだそうとしたが、涼しい顔の祐に止められた。

「麗《うるわ》しい方、ジュリアスにようこそいらっしゃいました。心から歓迎いたします」

自分を取り戻した京介は女性を虜《とりこ》にさせる笑顔を浮かべると、氷川を店内の中央にあるテーブルに誘った。オーナーに支配人、専務、部長から主任の肩書がついているホストたちが侍《はべ》る。

かくして、その夜のホストクラブ・ジュリアスは異様な空気に包まれた。

祐が京介に約束した通り、シャンパン・タワーを注文する。グラスで造ったタワーにドン・ペリニヨンのゴールドが注《つ》がれた。割れんばかりのコールは『麗しの姐さん』だ。

「我らが麗しの姐さんの美貌のために、乾杯」

ジュリアスのオーナーの音頭で『麗しの姐さんコール』は締めとなる。高く掲げたグラスをそれぞれ合わせると一気に飲み干した。

氷川もシャンパン・グラスに注がれたドン・ペリニヨンのゴールドを一気に飲む。場所が場所なので、清和の飲酒には目を瞑《つぶ》った。

ホストクラブなので当然といえば当然なのだが、右を見ても左を見ても美男子しかいない。女の子のように可愛らしい美少年から筋骨隆々の体育会系まで、いろいろなタイプが揃《そろ》っている。氷川は感嘆せずにはいられなかった。

「若くて見栄《みば》えのいい子ばかり」

氷川がポロっと漏らすと、オーナーは満足そうに頷いた。

「ありがとうございます。気に入ったのがいたら言ってください。姐さんのためなら水の中だろうが火の中だろうが冷凍庫の中だろうが入らせます」

アルマーニのベーシックな形の黒いスーツに身を包んだオーナーは三十代半ばで、二十歳そこそこの若いホストにはない色気と魅力があり、口では言い表せない独特のムードがあった。生き馬の目を抜くホスト業界で、勝ち続けている理由もわからないではない。今やホストクラブ・ジュリアスの名は全国に知れ渡っていて、オーナーも№1の京介とともにメディアに頻繁に登場していた。軽快なトークには定評がある。

「ホストクラブのオーナーさんは、製薬会社の営業よりも口が上手い」

氷川の正直な感想に、オーナーはガッツポーズを取った。「勝った」と口にしながら。

ジュリアスに入店するために地方から上京してきたという若いホストの突っ込みが入り、オーナーはオヤジギャグを飛ばした。場が盛り上がる。

ショウや宇治、卓、吾郎といった若手の構成員たちは、何かから逃げるように飲み始めた。ボトルを空けるためだけに飲み続けるホストの飲み担当より、何倍も凄《すさ》まじい飲みっぷりである。

「酔ってしまえば怖くない」

ショウがグラスを持って口にした言葉が、若い構成員たちの酒に逃げる心情を如実《にょじつ》に物語っていた。チーズの盛り合わせをちまちま食べているのは、何を考えているのかわからない不思議系の信司ぐらいだ。

京介は清和の来店の目的に気づいているらしく、ほかの常連客の元へ逃げてしまう。今夜は諦《あきら》めたのか、清和は京介を呼び戻すことはしなかった。

「リキさん……」

ずっと秘めていた想《おも》いが爆発したのか、とろんとした目の大輝はリキにべったりと張りついていた。リキの身体に両手を回して、逞しい胸にほんのりと染まった頬を甘えるように寄せている。誰も邪魔をするな、という無言のオーラを大輝は発しているのだ。リキは憎たらしいほど落ち着いていて、何を考えているのかまったくわからない。大輝に対する気持ちを読み取ることはできなかった。

「リキさん、キスしていい？」

大輝は目を潤ませると、返事を聞く前に、リキの唇に音を立ててキスを落とした。

その瞬間、眞鍋組の若い構成員たちとホストの間から歓声が沸き起こる。ショウや宇治はここぞとばかりに下品な口笛を吹いて煽《あお》った。何か自棄《やけ》っぱちになっているような気配すらある。

リキと大輝のキスシーンを見て、氷川も盛大に手を叩いた。

「大輝くん、頑張って」

氷川は頬を紅潮させて、勇気のある大輝にエールを送った。

二代目姐の氷川からエールを貰《もら》った大輝は俄然《がぜん》勢いづく。大きな目をさらにうるうると潤ませて、リキの唇に二度目のキスをした。

「先生、楽しそうだな」

隣にいる清和が淡々とした調子で声をかけてきたので、氷川は瞳《ひとみ》をきらきらと輝かせたまま素直に頷いた。

「楽しい……なんか、とても楽しい。こんなの、初めて」

若い美男子が侍るホストクラブを楽しいと宣言した氷川に、清和は複雑な思いを抱いたようだ。清和の表情はまったく変わらないけれども、氷川にはなんとなくわかる。氷川は口を噤《つぐ》んでいる清和に優しく微笑みかけた。

「あのね、清和くん、なんて言うのかな？　ほら、僕って普段は仕事場で清和くんとのことを隠しているでしょう？　でも、ここなら隠さなくてもいい。おまけに、男の大輝くんが男のリキくんに堂々と迫っているし……こういうことは普通なら考えられないから無性に楽しいんだよ」

氷川が清和の耳元にこっそり囁《ささや》くと、年下の彼は軽く目を細めた。

一般社会で生きる苦しさを清和は知らないだろうが、氷川は氷川なりに知っている。どうしても女性に興味が持てなかった氷川は、一般社会で人知れず苦労を重ねてきた。だからこそ、このような状況には驚くしかない。そして、ただ単純に楽しいと思える。最も隠さなくてはいけないことを隠さなくてもいいからだ。

「先生が楽しいならばいい」

清和の言葉を聞いて、氷川は花が咲いたように笑った。

「好き、好き、好き、リキさん、好き」

大輝は頬を薔薇色《ばらいろ》に染め上げて、どんなに飲んでも酔わないリキに迫っていた。切羽詰《せっぱつ》まっているのか、大輝の口から出る言葉は決まっている。日頃、女性客に披露しているトークが嘘《うそ》のようだ。

リキは大輝を拒んだりはしないが、受け入れることもしない。

氷川が一途《いちず》な大輝を応援していると、入店してきた客が近づいてきた。整っている顔立ちと身長から最初は女性だと思ったが、よく見ると男性だ。女性的というより性別がないような不思議な雰囲気がある。

「あ、楓《かえで》さんだ」

祐が楓と呼んだ美青年は、リキと大輝の前に立つと低い声で凄んだ。

「大輝、僕の男に手を出す気か？　いい度胸じゃないか」

大輝はリキの首に腕を回すと、勝ち誇ったように楓に言い放った。

「楓さん、リキさんは楓さんの男じゃないでしょう。僕の男です」

「オーナー、小僧の教育がなっていない」

楓はオーナーをギロリと睨むと、大輝を強引に押しのけて、無言のリキに抱きついた。

線の細い楓からは、フレグランス界最高峰のＦＩＦＩ賞を受賞したパルファムジバンシィのパイの香りが微かに漂ってくる。

「楓さん、リキさんに触らないで」

大輝は背後に青白い炎を燃え上がらせると、リキに抱きついている楓に怒鳴った。そして、楓をリキから腕ずくで引き離す。

「リキは君の男じゃない。君はさっさと客のところに行け。厚化粧のママが君を待っている」

本日、リキしか眼中にない大輝は仕事を完全に放棄していた。大輝の客が来店しても、ヘルプが相手をしている。

「楓さん、さっさと二丁目に行ったらどうですか？　ここはホストクラブですから」

「君みたいな頭の悪いガキにリキの相手ができるわけない」

大輝と楓がリキを取り合っていることは、説明されなくても氷川にもわかった。可愛い大輝と綺麗な楓が仏頂面《ぶっちょうづら》のリキを細い腕で引っ張り合う姿は、真剣な本人たちには悪いが滑稽《こっけい》だ。自然に氷川の頬が緩む。

「姐さん、楽しそうですね」

グラスを手にした祐は、軽く笑いながらズバリと言い当てた。

「うん……だって、あのリキくんが……」

氷川が口にしなくても、その気持ちは通じたらしく、祐はしたり顔で何度も大きく頷いた。

「わかります、姐さんの気持ちは俺にもよくわかります」

「いつもムカつくぐらい冷静なリキくんが男ふたりに……あ、まぁ、今もリキくんは面白くないほど落ち着いているけどね」

鬼のような形相を浮かべている大輝と楓とは裏腹に、リキは平然とした様子でリシャール・ヘネシーを飲んでいる。リキは素っ気ないなんてものではない。

「姐さん、日頃、俺が心の奥底に秘めていることを言ってくださってありがとうございます」

祐が意味深な笑みを浮かべると、傍《かたわ》らで話を聞いていた清和も微かに口元を緩めた。誰もが思うことなのかもしれない。

「あの楓さんって綺麗な方もホストなの？」

楓はどこからどう見ても普通のサラリーマンには見えない。氷川が尋ねると、祐は軽く手を振った。

「姐さん、そちらのお綺麗な方はデザイナーの蒼井《あおい》楓先生です。アオイカエデっていうブランドをご存じありませんか？　今、評判です」

いくら世事に疎《うと》い氷川でも、アオイカエデのブランド名は知っている。新聞にあるファッション雑誌の広告欄に、よく掲載されているからだ。発行部数の多いファッション雑誌では、アオイカエデだけでなくデザイナーである蒼井楓本人の特集も競うように組まれていた。楓のルックスがいいので『ファッション業界の貴公子』というキャッチフレーズがついている。

「アオイカエデ、知っているよ。今、とても人気のあるブランドでしょう」

眞鍋組が君臨する街にもアオイカエデの直営店があり、オープンの時には限定品を手に入れるために朝から行列ができた。

「そうです、人気絶頂の楓さんがうちの虎《とら》を気に入ってくださったようで」

「そうなのか」

氷川の存在に気づいた楓は値踏みするかのように凝視したかと思うと、やけに親しそうに微笑んだ。

「眞鍋の姐さんですね？」

「はい」

「噂通りの魅力的な方です。眞鍋の色男が落ちたのもよくわかる」

楓は眞鍋の色男と称した清和にウインクを飛ばした。清和は無言でリシャール・ヘネシーを飲んでいる。

「どうも」

「僕、姐さんにはとても感謝しているんですよ」

楓にストレートな感謝の目を向けられて、氷川は思い切り戸惑った。彼に感謝されるようなことをした覚えはない。

「はい？」

「眞鍋の二代目組長が男を姐さんにしたでしょう？　そのおかげで僕は大っぴらにリキを口説けます」

男が女に恋をしたのならば告白すればいい。たとえ断られたとしてもそれですむ。だが、男が男に恋をしたら告白することもままならない。下手をすればすべてを失ってしまう可能性があるからだ。

楓の感謝の意味を理解すると、氷川は納得してしまった。

「……ああ、そういうことですか」

「もっとも、姐さんに感謝しているのは僕だけじゃありません。今、眞鍋組のナイスガイはゲイからとても熱い視線を浴びているんですよ」

楓はシニカルな笑みを浮かべると、眞鍋組構成員のこの世界での近況を語った。

なんでも、清和が男の氷川を妻にしたことで、眞鍋組の構成員は同性愛者に迫られることが多くなったという。特に清和直属の若手が狙われているらしい。初めて聞く話に、氷川は黒目がちな目を大きく揺らした。

「そうなんですか？」

「そちらにいるショウや宇治もゲイに迫られて鳥肌を立てていましたけどね？　それでも、ゲイから逃げるだけで殴りません」

楓の話でその時のことを思いだしたのか、ショウと宇治の顔色は一瞬にして土色になった。ショウも宇治も生理的に同性は受け付けないらしい。

「殴るって……」

「今までだったら、女好きのショウや宇治に迫った男は顔の形が変わるぐらいボコボコにされていました。でも、組長が男の姐さんを迎えた今、ショウも宇治もそれができないんですよ」

女が好きなショウや宇治は自分たちが仕える清和の妻が男なので、迫りくる同性愛者を悪《あ》し様《ざま》に罵ることができない。言うまでもなく、同性愛者を受け入れたりはしないが、比較的優しい拒み方をしているのだ。

現在、ゲイやニューハーフに最も優しいヤクザという異名を眞鍋組は持っている。武闘派の安部《あべ》も若い同性愛者に迫られて、真っ青な顔で逃げたらしい。凛々《りり》しい青年に迫られた橘高《きったか》は『こんなオヤジはやめておけ』と軽く躱《かわ》したそうだ。

知らなかった眞鍋組のこんな状況に、氷川は言うべき言葉が見つからない。本当に何をどのように言えばいいのかわからないのだ。

「僕はなんて言ったらいいのか」

男である自分が清和の妻になったことで、眞鍋組の構成員たちに迷惑をかけている。だが、そのことを清和の前で氷川が詫《わ》びるわけにはいかない。まして、同性愛者だと宣言している楓の前で。

「姐さんに深く感謝します」

楓にぎゅっと手を握られて、氷川は戸惑ったものの辛《かろ》うじて返事をした。

「……どうも」

「眞鍋組の男は組長に従って男と結婚するべきです。これが眞鍋組の仁義です。姐さんもそう思うでしょう?」

楓に同意するわけにはいかないが、どのように答えたらいいのかわからない。氷川は言葉に詰まったが、清和の舎弟たちはグラスを手にしたまま極悪人の断末魔のような声を発した。地球外生物のような叫び声を上げたのはショウである。

「そりゃいい、楓ちゃん、今夜も冴《さ》えてるね、眞鍋の若い衆も組長を見習って男の嫁さんを貰えばいい」

楓の言葉を受けて、ジュリアスのオーナーは楽しそうにクラッカーを鳴らした。店内の視線が眞鍋組一行に注がれる。支配人や専務も口笛を吹くと次々にクラッカーを鳴らした。楓は満足そうに大きく頷いている。

悪乗りしたホストたちが、「俺を嫁さんにして」とショウや宇治に迫りだした。

「やめ、やめてくれっ」

ショウは鳥肌を立てているが、無精髭《ぶしょうひげ》を生やしている野性的なホストは楽しそうにキスを繰り返す。

「頼むから、もう……」

ぶちゅう、ぶちゅう、と逞しい体育会系のホストにキスをされて、宇治はびっしょりと汗をかいていた。宇治の目の焦点は合っていない。

「う……」

卓と吾郎もいかにもといったタイプのホストに、それぞれ情熱的なキスをされて泣きべそをかいている。清和と氷川の手前、眞鍋の若い構成員たちはホストたちを罵倒することができないのだ。可愛い菜月にキスをされた信司は落ち着いていて、にっこりと笑っている。摩訶不思議《まかふしぎ》な不思議系はこういう時にこそ、その力を発揮するのだ。祐もオーナーに熱いキスをされたが、平然と流していた。

目の前で繰り広げられる男たちの熱いキスシーンに氷川はひたすら驚く。清和は己の舎弟たちを視界から追いだしているようだ。相変わらず、リキは無言で飲み続けている。そんなつれなさが、いっそう大輝や楓の恋心を掻き立てるらしい。

眞鍋随一の鉄砲玉という異名を取るショウがおとなしいので、野性的なホストは調子に乗ったようだ。

「ショウ、俺と結婚して、俺が洗ったパンツを毎日穿《は》いてくれ」

野性的なホストに圧死するほど抱き締められて、今にも失神しそうなショウは雄叫《おたけ》びをあげた。

「ぐぉぉぉぉぉぉぉ～ぅ、馬鹿野郎、気持ち悪いこと言うんじゃねぇっ」

「ショウの組長は男にパンツを洗わせているだろうが。ショウも組長を倣《なら》って男にしろ」

「それとこれとは違うだろーっ、げえっ」

野性的なホストにディープキスをされて、ショウは耐えきれなくなったのか、とうとう腕力に訴えた。

野性的なホストに破壊力のある右ストレートを決めると、獣のように低く唸《うな》りながら京介がいるテーブルにひた走った。

手描きの加賀友禅《かがゆうぜん》をさりげなく着こなした中年の女性客の隣で、京介はナポレオンを飲んでいる。

「京介、男って気色悪《きしょくわり》ィ」

ショウは前後不覚になっているのか、決して氷川や清和の前では口にしないことを言いつつ、京介に飛びついた。

「あのな、男が気色悪ィんなら俺に飛びつくな。俺も男だぜ」

京介は呆《あき》れ果《は》てているが、呼吸が荒いショウを突き放したりはしなかった。完全にショウの目がおかしくなっているからだろう。

「……あ、そうか、お前も男なんだよな」

「そうだ」

「お前はいつも男子トイレに入るもんな」

汗でびっしょり濡《ぬ》れたショウの脳裏には、男子トイレに入る京介がいるようだ。なぜ、トイレを連想してしまうのか、それはもうショウ自身にも説明できないだろう。

「そうだよ。姐さんも男だからな」

「そうだな、姐さんも綺麗だけど男なんだよな。男子トイレに入るんだよな。姐さん、なんで男子トイレに入るんだろう」

「お前……」

目の虚ろなショウは京介に抱きついたまま、髪の毛をぴっちりと結い上げた中年の女性客を見た。若さはないが小娘にはないしっとりとした大人の色気を漂わせている。

「俺もこんな女が欲しいな、おばちゃん、俺と結婚して」

ショウの飾り気のないプロポーズに、中年の女性客はころころと笑った。『おばちゃん』と呼ばれても、若いショウのプロポーズにいやな気はしないらしい。

一部始終を見ていた氷川は、本当にどうしていいのかわからなかった。清和の隣でオロオロするばかりだ。

「えっと、ショウくん……」

「ショウ……眞鍋組の風上にもおけない奴だ。あれはもういい」

楓は中年の女性客を口説きだしたショウから氷川に視線を戻すと、切々とした様子で語った。

「姐さん、組長の右腕とも言うべきリキが女といちゃつくなんて、組長に対する侮辱にも等しい。そう思いませんか」

これればかりは反論しなければいけない、と氷川は思い切り力んだ。

「そ、そんなことはない」

「姐さんが何を言っているんです。眞鍋の姐さんならば、リキに男と結婚しろ、ぐらい言うべきです。僕とリキの仲を認めてください」

楓が氷川に頭を下げるや否《いな》や、険しい顔つきの大輝が口を開いた。

「オヤジ、何寝ぼけたことを言ってるんだ、いい加減にしろ。リキさんがキサマみたいなオヤジを相手にするわけねぇだろ」

楓をオヤジだと罵った大輝には生命力が溢《あふ》れている。オヤジだと罵られた楓はまったく動じず、大人の余裕で返した。

「僕は姐さんより二つ若い。僕をオヤジだと罵ることは、どういうことかわかっているな」

この秋に二十七歳になったばかりの楓は、二十九歳の氷川をプラチナのリングをはめた指で差す。その瞬間、大輝は苦しそうに唸った。

「うっ……」

若さが勝負のホスト業界にあって、氷川はすでに正真正銘のオヤジである。大輝が恋い焦がれている二十五歳のリキさえオヤジと呼ばれる年齢だ。

「うん、僕はもうオヤジなんだ」

氷川が優しく言うと、大輝はしきりに恐縮した。

「いや、まだ充分お若いです」

「若い子に気を使われるようになったらオヤジだよ」

氷川が悪戯っぽく言うと、大輝は頭を掻いた。

「いえ……すみません、ってこんな話じゃない。姐さん、姐さんは僕を応援してくれましたよね？　リキさんは僕が幸せにします」

大輝の言葉を遮るように、闘志を前面に押しだした楓が言った。

「クソガキ、黙れ。姐さん、姐さんは僕にリキをくれますよね」

「姐さん、僕ですよね」

「君みたいなガキにリキは預けられないってさ。姐さん、僕ですよね」

リキの所有権はないものの影響力があると思っているのか、大輝と楓は恐ろしいくらい真剣に氷川の決断を求めてくる。氷川にしてみればどちらも選べるはずがないので困惑するばかりだ。清和は無言で聞き流しているし、肝心のリキは何も言わずに黙々と飲み続けている。リキひとりでボトルを一本、軽く空けただろう。

「大輝くん、楓くん、僕に聞いても無駄だよ」

氷川がもっともなことを口にした時、祐が新たな爆弾宣言をした。

「姐さん、将来有望なサツがリキさんにご執心なんですよ。俺としたら今後のこともあるので、リキさんにはサツと仲良くしてほしいんですよね」

「楓くんと大輝くんのほかにもまだいるのか」

リキが女性にとって魅力的な存在だということは、すでに聞いて知っていた。しかし、男にこれほどまでとは思わなかった。リキに恋する男たちの数に、氷川は少なからず驚いてしまう。

「はい、結構、リキさんはモテるんです」

気の利《き》いたセリフひとつ口にしないのに、リキは人を魅了するようだ。リキを見ていると、巷《ちまた》に氾濫《はんらん》しているモテ指南の本が馬鹿馬鹿しくなる。

「サツ……暴力団担当の刑事？」

「国家公務員試験Ｉ種にパスしたキャリアです。未来の警視総監候補ですよ」

終始無言だったリキが初めて口を開いたと思うと、祐を鋭い目で窘《たしな》めた。

「祐……」

見かけによらず豪胆だと称されている祐は、眞鍋が誇る最強の虎に睨まれても動じたりはしない。それどころか、楽しそうにリキに焦がれているキャリアについて語った。

「鼻もちならないキャリアですが、リキさんに対しては一途で可愛い。思いを遂げさせてやったらどうですか」

優美な微笑を浮かべている祐の提案を、リキは無言で流した。リキにとって警察のキャリアが特別な存在であることは間違いないようだ。

氷川は問い詰めようとしたが、楓と大輝が同時に同じ言葉を口にした。「絶対にサツなんかには渡さない」と。

「ふたりとも警察に何か恨みでもあるの？」

氷川が呆気に取られるほど、大輝と楓の警察に対する憎悪は凄まじかった。

「恨みっていうと語弊がありますけど、サツにはロクなのがいない。サツなんかにリキさんを渡すくらいなら毒盛って殺してやる」

思いつめた大輝がリキへの狂気じみた愛を口にすると、幽鬼と化した楓も大きく頷いた。

「クソガキ、初めて意見があったな。サツにリキを取られるぐらいなら殺してでも僕のものにする」

楓の賛同を得た大輝は大きく頷くと、握手を求めて手を差しだした。リキを競り合っていたふたりは固く手を握り合う。ふたりのバックには一昔前の青春映画のように赤い夕陽が浮かんでいるようだ。

「楓さんもそうですよね。そうだと思いました」

「当たり前だ、サツなんて」

「姐さん、リキさんがサツに取られたら覚悟しておいてください」

可愛い大輝に低い声で凄まれて、氷川は躊躇《ためら》ってしまった。

大輝と楓に殺人予告を宣言されても、リキは黙々と飲んでいる。何杯目かわからないリシャール・ヘネシーを口にした時、リキの携帯が鳴った。

「失礼します」

リキは携帯を確認すると立ち上がり、清和と氷川に向かって一礼した。店の外で携帯に応対するらしい。

「ついていく」

大輝と楓は恋しいリキを離すまいと、それぞれ両脇《りょうわき》から摑んだ。しかし、リキは携帯電話を手にして首を振った。

「すぐに戻る」

ついてくるな、という意図を含んだリキの言葉を聞くと、大輝と楓はふたり揃って拗《す》ねるように頰をぷうっと膨らませた。惚れた弱みなのか、ふたりとも文句は一言も口にしない。それぞれ、リキを摑んでいた手を離す。

「早く帰ってきてね」

大輝と楓は同じ言葉でリキを見送ると、仲良くちんまりと座った。ふたりはフルーツの盛り合わせを食べながらリキを待つ。

「リキさんは何も喋《しゃべ》ってくれないけど、そんなところが好き」

「僕もだ」

「リキさんは冷たそうに見えるけど、もしかしたら、本当に冷たいのかもしれないけど、そんなところが好き。たまに目を細めて笑うと、もうたまらない」

「僕もだ」

微笑ましいことに、大輝と楓はリキのどこがいいのか、熱っぽく語り合う。なんでも、リキの無口で無愛想《ぶあいそ》で冷たいところがいいそうだ。氷川は興味深く、大輝と楓の話を聞いていた。

しかし、五分経っても十分経ってもリキは戻ってこない。

「楓さん、遅すぎると思いませんか」

「ああ、いくらなんでも遅すぎる。まさか……」

業を煮やした大輝と楓は、リキを探して店の外に出た。

予想通り、携帯電話で話し込むリキの姿はなかったらしい。目の赤い大輝が氷川目がけて小走りにやってくる。その後から大股《おおまた》で歩いてくる楓には鬼気迫るものがあった。楓は忌々しそうに店内を見回すと、京介のテーブルで酔っぱらっているショウに近づく。そして、力任せにショウの顔を上に向かせた。

「ショウ、一発ヤらせろ」

楓は不気味な妖気を漂わせたまま、状況が把握できずにきょとんとしているショウに低く凄んだ。

「……へっ？」

楓はポカンと開けたショウの唇を塞《ふさ》ぐようなキスをした。甘くて熱いディープキスなんてものではない。これぞ、ヤツアタリのキスだ。

己の身の上に何が起こったのか、瞬時に理解できなかったようだが、ショウの顔が瞬《また》く間《ま》にドス黒くなっていく。手足がピクピクと痙攣《けいれん》していた。

京介と中年の女性客は楽しそうに笑っている。各テーブルについているホストたちは、口笛を吹いて囃《はや》し立《た》てた。

「ショウ、リキよりいい男になれよ」

楓が唇を少しだけ離して甘く囁《ささや》くと、ショウは血相を変えて飛び上がった。

「ぎょぇぇぇぇぇぇぇぇぇぇぇぇぇ〜っ」

この世の終わりに直面したようなショウの雄叫《おたけ》びが店内に響き渡った。恐怖にかられたショウを見て、ようやく楓の溜飲《りゅういん》が下がったらしい。楓は悠然とした態度で京介の隣にいた中年の女性客に一礼する。それから、氷川の元に向かった。

すでに、氷川の隣では大輝が泣きべそをかいている。

「姐さん、リキさんがいなかった」

リキが大輝と楓を無言で拒絶しているのは、氷川にもよくわかった。見込みのないリキより新しい恋にかけたほうがいいのではないか、という思いが氷川の脳裏を過《よぎ》る。下手な慰めは大輝のためにも言わないほうがいいかもしれない。

「ん……リキくんはね、男が好きなタイプじゃないと思う。そりゃ、女性をいっぱいフっているけど、女性が嫌いなわけじゃないと思うんだ。大輝くん、若くて可愛いし、ほかにいくらでも相手はいると思う。それにヤクザは危ないよ」

氷川が言いにくそうに言うと、大輝は目を真っ赤にした。

「姐さん、僕、リキさんが本当に好きでもう苦しくって、どうにかなりそうで、もう自分じゃないみたいで」

リキに対する切ない想いを語る大輝は、熱に浮かされているようだ。そんな大輝を氷川は誰よりも理解できる。氷川も自分を見失うぐらい愛しい男がいるからだ。

「うん、僕も大輝くんの気持ちはよくわかるよ。たまに自分で自分が怖くなる」

氷川は報われない恋に苦しんでいる大輝に、己の心を隠さずに吐露した。

「姐さんも組長に？」

恋する男の直感か、大輝はあっさりと言い当てた。

「うん」

清和に対する熱烈な告白を聞いて、すでに酔っぱらっている清和の舎弟たちはいっせいに口笛を吹いた。酔っぱらってしまえば怖いものはなくなる。気も大きくなるのだ。

よっ、色男、と清和を肘《ひじ》で突《つつ》いたのはオーナーだった。

「組長は姐さん一筋だって評判だけど」

羨《うらや》ましそうに言う大輝に、氷川は肩を竦《すく》めた。

「清和くん、モテるみたいだからね」

「……あ、確かに組長はモテます。モテモテのモテモテ」

思い当たるフシがあるのか、大輝はどこか遠い目で何度も頷いた。傍らにいる楓も神妙な顔つきで首を縦に振っている。

「そうでしょう。モテるからね……心配だ」

氷川が隣にいる清和を横目で見ると、年下の彼は目を細めたが何も言わない。周囲にいる舎弟たちも酒をあおるだけだ。

「そういう心配があるんですね」

大輝も清和をじっと見つめたまま、ポツリと呟くように言った。清和に秋波を送る者たちを思い浮かべているのか、大輝の表情は悲しそうに曇る。どちらにせよ、氷川の立場に立っていることだけは間違いない。モテる旦那《だんな》を持った妻にいたく同情しているのだ。

「清和くんが浮気しそうになったら止めてくれる？」

アルコールがほどよく回っているのか、氷川の口も軽くなった。

「姐さん、任せてください。組長が浮気しそうになったらすぐに連絡を入れます」

任せろとばかりに、大輝は嬉々《きき》として己の胸に手を当てた。その仕草が可愛くもあり頼もしい。

「心強いよ、ありがとう。……あ、大輝くん、携帯の番号を交換しよう」

氷川が携帯を取りだすと、大輝も明るい顔でポケットを探った。

「はい、組長の浮気には目を配っておきます」

「大輝くん、頼んだよ。眞鍋の子たちは所詮《しょせん》、清和くんの味方だからね」

眞鍋組の男たちは氷川を外敵から守ってくれるし、最高の礼儀も払ってくれる。けれども、清和と氷川が対立したら、眞鍋組の男たちは全員、昇《のぼ》り龍《りゅう》を背負った二代目組長につく。清和の意見を無視してまで、氷川を尊重してくれる眞鍋の男はいない。もっとも、それは当然なので氷川も不服を抱いているわけではなかった。

「そうですね」

氷川は大輝と携帯の番号を交換した後、楓から名刺を貰った。その場で楓とも携帯の番号の交換をする。楓も清和の浮気には注意してくれるそうだ。

大輝や楓と氷川が親密になることを恐れたのか、清和は祐に視線で合図を送るとチェックを済ませた。

今夜、清和が指名したのは京介ひとりだが、シャンパン・タワーの後はものの見事に逃げられている。一秒たりとも清和の隣に座らない。もっとも、清和は氷川に捕まった時点で京介を口説くことは諦めていたようだ。

「姐さん、またいらしてくださいね」

ドアの外までホストたちが送ってくれる。

「麗しの姐さん、今夜は夢を与えてくださってありがとうございました。また是非、素敵な時間をご一緒させてください」

淑女に対する紳士の如く、キザな仕草がしっくりと馴染《なじ》むオーナーには、手の甲に別れのキスを受けた。清和も手の甲への別れのキスには目くじらを立てない。

「ショウ、愛してるぜ」

仕上げとばかりに野性的なホストがショウにキスをしたものだから、辺りには再び絶叫が響き渡った。最後まで騒々しい男だ。

3

ホストクラブ・ジュリアスを後にして、眞鍋《まなべ》第三ビルに向かって歩く。ジュリアスに入店する前の時間帯の不夜城とは、雰囲気はガラリと変わっていた。同じ街でありながら、時間によって景色が一変するのが不思議だ。

「卓《すぐる》、重い……」

祐《たすく》は悪酔いしてぐったりとした卓を支えるようにして歩いている。線の細い祐より卓のほうが遥《はる》かに体格がいい。祐はアルコールではなく卓の重みでよろめいていた。

「吾郎《ごろう》……起きねぇな〜ここまで酔うの珍しいれぇ〜」

酒の匂《にお》いをぷんぷんさせているショウは千鳥足ながらも、べろんべろんに酔っ払った吾郎を背負っていた。意識のない吾郎がショウの背中からずり落ちそうになるので、傍《かたわ》らにいる宇治《うじ》が手で押さえる。もっとも、宇治もしたたかに酔っていて足取りがとても危ないので、吾郎を押さえているというより、自分が崩れないように摑《つか》んでいるといったほうが正しいかもしれない。

眞鍋組の若い構成員たちが自分の酒量をオーバーするまで飲んだわけを、その原因である氷川《ひかわ》以外、誰もが気づいていた。だからこそ、清和《せいわ》は舎弟たちをいっさい非難しない。

清和は携帯で本部に詰めている安部《あべ》と話しながら歩いている。

酔っているのか、酔っていないのか、どちらかわからない信司《しんじ》と、氷川は手を繋《つな》いで歩いた。そうしないと、信司はどこに行ってしまうかわからないからだ。

「姐《あね》さん、菜月《なつき》くんとデートの約束しちゃった。どうしよう」

信司は女の子のように可愛《かわい》い菜月と、千葉《ちば》にあるテーマパークに行く約束をした。日時も決まっていて、車は菜月が出すそうだ。

「信司くん、よかったじゃないか、楽しんでおいで」

「俺、潤《じゅん》くんとも良太《りょうた》くんともデートの約束しちゃった」

爽《さわ》やか系のホストの潤とは、サッカーの試合を観《み》に行く約束をした。チケットは潤が手配する手筈《てはず》だ。体育会系の良太とは、プロレスの試合を観戦することになっている。こちらもチケットを用意するのは良太だ。

「信司くん、誰が一番のお気に入り？」

「わかんない」

氷川はほろ酔い気分で、とても気持ちがいい。

吾郎を背負ったショウと宇治は運命共同体のように歩いていたが、ふたりとも甲乙つけがたいほど非常に足元が危なかった。今にもその場に倒れそうだ。

「ショウ、俺は鳥になる」

頭から酒をかぶったような匂いを漂わせている宇治は、わけのわからないことを口にした。

「宇治、お前はやきとりになるのか」

折しも、ショウの視線の先にはやきとり屋があった。

「馬鹿野郎《ばかやろう》、その鳥じゃない。海で飛んでいる鳥だ」

「海で飛んでいる鳥？　フライドチキンか」

「ショウ、食いもんから離れろ」

よろよろとよろめいているショウと宇治は、閉店後のラーメン屋のドアに真正面から衝突した。転倒せずに留まったのは、ひとえにふたりの優れた運動神経と反射神経ゆえかもしれない。

「ショウくん、宇治くん、大丈夫？」

氷川が尋ねると、ショウと宇治はいっせいに答えた。

「大丈夫っス」

大丈夫だと言った矢先に、ショウと宇治は仲良くランジェリー・パブの看板に勢いよくぶつかった。氷川と手を繫いでいる信司は楽しそうに笑う。

「ショウくん、宇治くん……」

氷川が地面にへたり込んだショウと宇治に近寄った時、二十四時間営業のカフェからリキが出てきた。清和と氷川の前に立つと一礼する。

「姐さん、替わります」

リキがどこに飛んでいくかわからない信司の面倒を見ようとしたが、清和は首を軽く振った。

「リキ、宇治を頼む」

宇治はとうとう力尽きたのか、閉店したランジェリー・パブの前に寝っ転がったままピクリとも動かない。いい夢を見ているのか、寝顔はとても幸せそうだ。その隣には正体をなくすほど泥酔した吾郎の鼻を摘《つま》んでいるショウがいた。

「わかりました」

リキが宇治のそばに近寄ると、ショウはのっそりと立ち上がりながら文句を言った。

「リキさん、さっき逃げましたね」

大輝《だいき》と楓《かえで》の猛攻に負けて、リキがジュリアスから逃げたことは誰もがわかっている。いつも影のように清和に寄り添っているリキが離れるなど、滅多にあるものではない。

「逃げたつもりはない」

リキが平然とした様子で答えると、ショウは食ってかかった。

「嘘《うそ》つけ」

いきり立っているショウを見て、リキは楽しそうに目を細めた。鉄砲玉と大砲の差がこういう時に表れる。

「ショウ、楽しんだようだな」

「俺、ホストクラブがあんなに恐ろしいところだったなんて知らなかった」

ショウは男に迫られて、よほどこたえたらしい。ホストクラブを語る口調には恐怖が滲《にじ》みでていた。

「そうか」

「次はリキさんひとりで行ってください。俺は二度といやっス」

ジュリアスにいる京介《きょうすけ》を手に入れるまで、眞鍋組の関係者が足を運ぶことはわかっていた。その場合、京介に一番近いショウも同行させられるはずだが、今回のことで懲《こ》りたらしく、きっぱりと拒絶する。

リキはショウに返事をせず、清和に無言で視線を流す。

清和は目下の懸念を口にした。

「京介はなんとしてでも眞鍋に欲しい。どうしたらいいんだ」

清和はリキだけでなく祐やショウの顔も順に眺めたが、誰の言葉も返らない。京介の攻略法が見つからないのだ。

こんな場所で立ち止まっている場合でもないので、眞鍋組一行は眞鍋第三ビルに向かって歩きだした。

生まれつきか、暴走族時代の名残《なごり》か、ショウはどんな時でも先頭を切る習性ができているらしい。ショウは吾郎を背負ってふらふらしていても、眞鍋組一行の先頭を歩く。ほろ酔い気分の氷川に合わせて、清和やほかの組員たちの足取りは遅くなるが、ショウは後ろを意に介さずに進んでいった。もちろん、誰もショウを咎《とが》めたりはしない。

ショウと眞鍋組一行の距離がだいぶできた時、体格のいい青年が現れた。首は猪《いのしし》のように太く、身長は二メートルはありそうだ。髪の毛と瞳《ひとみ》の色が薄い茶色で、彫りの深い顔立ちからも異国の血が半分流れていると思われる。

「ショウ、この前のコト、考えてくれタか？」

ショウは霞《かす》む目を擦《こす》って彫りの深い青年の顔を確かめた瞬間、後ろに軽く一メートルは跳んだ。吾郎を背負っているとは思えない身の軽さだ。

「げっ、イーサンかっ」

イーサンと呼ばれた青年は、ショウの反応に深く傷ついたようだ。

「ソノ態度はないだろう」

イーサンが太い腕を伸ばすと、ショウは背負っていた吾郎をイーサンに向かって投げ飛ばした。

「うわっ、駄目だ、悪《わり》ィ」

イーサンは吾郎が飛んできても動じない。哀れなのは投げられた吾郎だが、本人は気持ちよさそうにそのまま地面で寝ていた。

「ショウ、本気ダ。一度でイイから真剣に考えてくれ」

ショウは慌ててそばにあったピンクサロンの看板を手にした。

「気持ち悪ィ、すまんっ」

ショウは真っ青な顔で、イーサンに向かってピンクサロンの看板を振り回す。けれども、イーサンは看板なんかにビクともしない。氷川の太腿《ふともも》より太そうな腕で、ショウが振り回す看板をブチ割った。

ハラショー、と祐はイーサンの腕力を称《たた》えている。

「ショウ、怖がらなくてもイイ。こう見えて俺は優しい」

イーサンの巨体が鳥肌を立てているショウに迫った。

「だからっ、俺はホモじゃねえっ」

ショウはイーサンの鳩尾《みぞおち》に渾身《こんしん》の右ストレートを決めた。しかし、鍛え上げられたイーサンの巨体にダメージは与えられない。アルコールが回っているせいか、ショウの力は普段の半分以下だ。

「ショウのマスターはゲイだろ」

恋の病に取りつかれているイーサンが口にしたマスターとは、ショウが主《あるじ》として仕える眞鍋組の二代目組長のことだ。イーサンもショウの口説き文句に清和の私生活を使った。

咄嗟《とっさ》に氷川は清和に視線を流したが、ショウの主は平然としている。祐や信司にいたっては、楽しそうに笑っていた。誰ひとりとして、二メートルの巨体に迫られているショウに同情していない。

「俺は違うんだっ」

ショウはイーサンに必殺の跳《と》び蹴《げ》りを決めたが、二メートルの巨体にとってはなんら問題にならない攻撃だったらしい。ショウの必殺技を食らっても、イーサンは平然としている。

「マスターがゲイなんだからショウもゲイ」

「俺は根っからの女好きだっ」

「ショウ、ゲイのマスターに逆らっていいと思っているのか、ショウも俺をダーリンにしろ」

「死んでもいやだ」

イーサンとショウは道の真ん中で摑み合いの大乱闘を開始した。

清和やリキはショウを止めなければならないはずなのに、呑気に見学している。悪酔いした卓を支えるのに疲れたのか、祐は止めるどころか飲み屋の前に置かれていたビール瓶の空きケースに座った。

「清和くん、あのイーサンっていう男の人はショウが好きなんだね？　ショウくんも男が好きだって誤解しているの？」

氷川が尋ねると、清和は無言で頷《うなず》いた。清和はイーサンとショウについて触れたくないようなので、氷川は笑っている祐に声をかけた。

「祐くん、あのイーサンさんはどういう人なの？」

祐は優美な微笑を浮かべると、イーサンについて簡潔に答えた。

「日米ハーフのプロレスラーです」

「プロレスラー？　そんな人が……」

イーサンがプロレスラーだと言われてみればしっくりする。氷川はプロレスには詳しくないが、イーサンの身体《からだ》はリングで戦うために厳しいトレーニングを積んだ賜物《たまもの》だとわかるからだ。

「ショウに惚れちゃったみたいです」

ショウは迫りくるイーサンを命がけで拒んでいた。

「それは見てればわかるけど」

氷川が詳細を促すと、祐は軽く頷いた。何も隠したい話ではない。

「つい先日、ちょうど藤堂《とうどう》組とやり合っていた頃のことです。イーサンが藤堂組のチンピラ集団に絡まれているところを、ショウが助けたんです。白昼堂々、プロレスラーがチンピラ相手に必殺技を繰りだすわけにはいきませんからね。それでイーサンはショウに惚れてしまったそうです」

かつての宿敵とも言うべき藤堂組のチンピラを見た瞬間、ショウは鉄砲玉と化したのだろう。氷川にはその場が容易に想像できる。自分のために戦ってくれたと、イーサンが誤解してもおかしくはない。

「ショウくんはイーサンのために藤堂組のチンピラをやっつけたわけじゃないよね」

「姐さんの仰《おっしゃ》る通り、ショウはイーサンのために身体を張ったわけじゃありません。でも、イーサンは感動したそうです。あの外見ですから、今まで誰かに庇《かば》われるなんてことはなかったらしくて……」

意外と純情、とイーサンについて祐は付け加えた。単純、という言葉も氷川はイーサンに足したくなる。けれども、恋に落ちる瞬間とはそういうものなのかもしれない。リキに魅了された大輝や楓を見てもそう思う。

「ショウくん……」

ゲイから口説かれても清和と氷川のことがあるから拒んでも暴力は振るわないと、先ほど氷川はホストクラブで聞いたが、ショウはイーサンを蹴り飛ばしている。どんなに拒んでも諦《あきら》めてもらえないのか、イーサンのような男とは腕力勝負になるのかもしれない。

「ショウも馬鹿だな、イーサンにマンションぐらい貢がせればいいのに」

「祐くん、そんなことを」

「イーサンのファイトマネー、なかなかいいんですよ？　顔がいいですからね」

イーサンの身体はごついなんてものではないが、顔は人気絶頂のハリウッドスターのように整っていた。人気があるというのも、わからないでもない。

「止めなくていいの？」

いつ、警察がやってきてもおかしくはなかった。人気プロレスラーとヤクザによる深夜の大乱闘など、下手《へた》をしたらゴシップネタになる可能性もある。

「俺にイーサンは止められません」

実戦にてんで弱い祐は、恥じることなく堂々と胸を張った。祐は鍛えても筋肉がつきにくい体質らしい。

「うん、それはわかる。僕にも無理」

氷川にはショウとイーサンの凄絶《そうぜつ》な大乱闘を止めに入る度胸はない。傍らに立つ愛《いと》しい清和を飛び込ませることもできなかった。

眞鍋には最強と呼ばれる百戦錬磨《ひゃくせんれんま》の虎《とら》がいる。氷川は宇治を背負っているリキに言葉をかけた。

「リキくん、止めなくていいの？」

「ショウが解決すべきことですから」

清和と氷川の時もそうだが、リキはプライベートの色恋沙汰《いろこいざた》にはいっさいタッチしない。

「じゃあ、どうするの？」

「放っておきましょう。ショウのことだから上手く逃げます」

「あのイーサンから逃げられる？」

　普段のショウならばいざ知らず、アルコールが回っているのでイーサンから逃げられないかもしれない。そんな氷川の懸念をリキは一蹴《いっしゅう》した。

「ショウの逃げ足の速さには定評がありますから」

　リキが目を細めた時、夜空を突き抜けそうなイーサンの口説き文句が響き渡った。

「ショウ、ダーリンいないだろ？　俺がペントハウス買ってやる」

「そんなんいらねぇ」

　女ならばペントハウスを貢がれなくてもほいほいついていくが、男には何を貢がれても近寄らない。それがショウという男だ。

「ショウ、まさか、京介がショウのダーリンか」

　ショウが一向に靡《なび》かないからか、イーサンは仲のいい京介の存在を思いだしたようだ。

現在、ショウは京介のマンションで暮らしている。

「……京介？」

　一瞬、ショウは理解できなかったらしく、地面に転がっていたビールの空き缶に躓《つまず》きそうになるが、すんでのところで踏み留まった。

「京介と一緒に住んでルって聞いた」

京介の名をそういう意味で出されて、ショウは顔を派手に歪《ゆが》めたが、迫りくるイーサンに恐怖にかられたらしい。聞いていた氷川が唖然とするようなことを、ショウは大声で言い放った。

「き、気色悪いことを言うな……いや、そうだ、京介が俺のダーリンだ」

そこまで言うと、ショウは額に噴きでた汗を手で拭《ぬぐ》った。

「そ、そうだったノか」

イーサンは納得したが、ショウに伸ばす手を引かない。情熱的な恋のハンターはそうやすやすと獲物を諦めたりはしないようだ。

「京介に怒られるからやめろ」

京介を盾にしてイーサンの求愛を拒むショウに、命知らずの鉄砲玉の面影はまったくなかった。

「京介を倒シタら俺のペントハウスに住むか」

ショウはイーサンにクルリと背を向けると、凄まじい勢いで走りだす。もちろん、イーサンはショウを追いかける。

「京介を倒せたらな」

巨体に似合わず、イーサンは足も速かった。疾走するショウにちゃんとついていっている。

「京介、倒ス」

ショウとイーサンの姿がだんだん小さくなっていき、何を話しているのかも聞こえなくなった。

「ショウくん、なんてことを……」

すべてを聞いていた氷川は、信司の手を摑んだまま惚《ほう》けてしまった。あのままでは京介はイーサンに襲われてしまうかもしれない。いくら京介が無敵の強さを誇っていても、あのイーサン相手ではおそらく黒星を喫する。

「ショウ、また京介を怒らせる気か」

祐が予想できる京介の反応を口にすると、清和は小さな溜め息をついた。それでも、清和はショウを詰《なじ》ったりはしない。

「組長、イーサンと京介、どちらに軍配が上がると思いますか？」

リキの問いかけに、清和は切れ長の目を細めて黙り込んだ。祐もどこか遠い目をして考え込んでいる。

氷川は体格や職業から考慮してイーサンが有利だと思ったが、京介という男の秘めた能力を知っている眞鍋の男たちの予想はそうではないらしい。戦う場所がリングではないからだ。

「見物《みもの》だな」

清和が低い声でボソッと言うと、リキや祐は軽く頷いた。

眞鍋の男たちの話を聞いていると、京介とイーサンの王者対決戦になりそうなので、氷川も案じることはせずに楽しむことにした。

信司は無邪気にイーサンを応援している。どうやら、リングで華やかなパフォーマンスを披露するイーサンのファンらしい。

「姐さん、俺はイーサンに五千五百万リラ」

「じゃあ、僕は京介くんに六千三百万ポンド」

信司に対抗したわけではないが、氷川は京介を応援した。

氷川はほろ酔い気分のままで、清和と暮らしている眞鍋第三ビルに戻る。無性に気持ちよくて、なんのためにホストクラブ・ジュリアスに行ったのか忘れていた。眞鍋組の総本部に乗り込もうとしていたことも忘却の彼方《かなた》だ。今の氷川には何よりも愛しい男しか見えない。

「清和くん、清和くん、清和くん……」

清和のスーツを脱がせながら、氷川は呪文《じゅもん》のように愛しい男の名を唱えた。氷川の白い頬《ほお》はほんのりと染まっている。

「酔っているのか？」

清和が顔を覗《のぞ》きこんでくるので、氷川は楽しそうに笑った。

「酔ってはいないけど、なんかいい気分なんだ」

氷川の心が軽いのは適度なアルコールとリキの話のせいばかりではない。藤堂組との抗争が一段落ついたことが何よりも大きかった。嵐《あらし》の前の静けさかもしれないが、国内最大規模を誇る長江《ながえ》組の影も見当たらないので、ほっと胸を撫《な》で下《お》ろしている。胸に刺さっていた刺《とげ》がなくなった後に飲むアルコールは最高だ。恋の話もいいおつまみになる。ショウには悪いが、イーサンの出現も楽しかった。

「そうか」

口元を緩めた清和の首に、氷川は左右の腕を絡ませた。

「清和くん、可愛い」

無言の清和の唇に、氷川は甘いキスを落とす。冷たく見えるが、清和の唇はとても優しい。

「僕の清和くんは本当に可愛い」

氷川に可愛いと面と向かって言われて面白くないようだが、清和は反論しない。普段はよほどのことがない限り姉さん女房に逆らわない年下の亭主だ。

「ジュリアスにいっぱいカッコいい人がいたけど、やっぱり清和くんのほうがずっとカッコいい」

華やかな美貌《びぼう》を誇る京介を筆頭にさまざまなタイプの美男子がジュリアスにはいたが、誰も氷川の心を揺さぶらなかった。

「…………」

「もうどうしよう」

氷川は清和のシャープな頬に、ほんのりと染まった自分の頬を擦り寄せた。可愛くて、愛しくて、清和を想《おも》うだけで幸せになるし、苦しくもなる。清和に対する想いは言葉では言い表すことができない。

「…………」

「僕は大輝くんや楓くんの気持ちがわかる。清和くんが誰かに取られそうになったら、毒を盛ってしまうかもしれない」

清和が男と命がけの抗争をするぐらいならば、浮気をしているほうが何倍もマシだと思った。けれども、本当に浮気されたなら、氷川は冷静に過ごせる自信がない。

「浮気はしない」

清和は不安に揺れている氷川に、何度目かわからない愛の誓いをした。

「うん、信じてる」

氷川も生真面目で純粋な清和を信じないわけではない。深く愛しているからこそ、清和を失う恐怖に怯《おび》えるのだ。

「ああ」

「でも、清和くんはモテるからね。ジュリアスでも綺麗なホストが清和くんのそばについたね。僕はじっと見つめられた……男の姐さんが珍しいのかと思ったけど、もしかして、違う？　僕は睨まれていたの？」

清和が指名したのは京介ひとりだったが、感心するほど綺麗に逃げられている。ファッションモデルのようなホストやアイドルタレントのようなホストが競うように清和の隣に腰を下ろし、氷川をそれとなく睨んだ。

「…………」

清和の表情は変わらないが、内心では動揺している。氷川は清和の反応から、恋仇《こいがたき》の存在を知った。

「清和くん、もしかして、あの若くて綺麗なホストは清和くんの浮気相手候補？」

「違う」

「じゃあ、僕の大事な清和くんに夢中になったホスト？」

よくよく思い返してみれば、それらしいホストが清和の隣についた時、卓や吾郎の飲みっぷりに加速がついた。しかし、オーナーのさりげない指示ですぐに綺麗なホストはテーブルから離れた。氷川を慮《おもんぱか》ったオーナーの計らいだ。いや、清和や若い舎弟たちへのオーナーの配慮かもしれない。

「…………」

「やっぱり、ジュリアスにも僕の敵はいるんだ」

氷川の嫉妬心が静かに燃え上がる。

「…………」

「僕が行かなかったら、あの若くて綺麗なホストと遊んだの？」

「俺の目的は京介のみ、それ以外はない」

清和に嘘を言っている気配がないので、氷川は詰《なじ》りようがなかった。

「もう……」

「眠くないのか？」

清和に指摘された通り、ハードワークをこなした後にアルコールを飲んだので、睡魔に襲われてもおかしくはない。

「目が冴《さ》えちゃった。せっかくいい気分だったのにムカムカしてきた。でも、これだけカッコいいからモテても仕方がないか」

氷川は必死になって嫉妬心を鎮《しず》めようとした。愛しい男が最高だからいたしかたなし、という結末に結びつける。

「…………」

「僕の清和くんはずっと僕だけの清和くんだよね」

「ああ」

照れ臭そうに永遠の愛を誓う清和が、氷川には可愛くてたまらない。彼への想いがとめどなく溢《あふ》れて頭の芯《しん》が熱く痺《しび》れる。氷川は清和の唇に自分の唇をゆっくり押しつけた。

4

翌日、氷川《ひかわ》に対する眞鍋《まなべ》組のガードは相変わらずだった。外来の診察がない土曜日だったのでまだいいが、病院内を歩くと見知った顔に必ず出会う。氷川は溜《た》め息《いき》をついたが、ひとつずつ仕事をこなしていった。

夜の十一時を回った頃、氷川はロッカールームでショウにメールを入れる。待ち合わせの場所には黒塗りのベンツが待機していた。帰りの送迎係はショウと卓《すぐる》のふたりだ。

ショウがハンドルを操る黒塗りのベンツは、夜の高級住宅街を瞬《また》く間《ま》に通り過ぎた。

「ショウくんと卓くんのふたりだけ……じゃないね？」

運転席にいるショウと助手席にいる卓のふたりだけかと氷川は喜んだが、前方と後方に大型のバイクを見つけた。眞鍋第三ビルの地下の駐車場で見たルノーやＢＭＷも走っている。間違いなく、眞鍋組の関係者だ。

「姐《あね》さんに何かあってからでは遅いので」

ショウは前を向いたまま、氷川の言葉に対応した。直球勝負しかできない彼は、清和《せいわ》やリキのように無視しない。

「ショウくん、僕を見張るより清和くんを見張ってほしいんだけど？」

清和を見張れという氷川の意図は口にしなくても通じる。ショウはハンドルを左に切りながら軽く言った。

「浮気の心配は無用ッス」

「清和くんが手に入らないなら毒を盛ってやる、っていう誰かが現れるかもしれない」

氷川の懸念は尽きないが、ショウは鼻で笑い飛ばした。

「眞鍋の昇《のぼ》り龍《りゅう》にそんなことする度胸のある奴はいません」

「大輝《だいき》くんや楓《かえで》くんみたいな人なら、清和くんに毒を盛るかもしれない」

大輝と楓のリキへの執念じみた想《おも》いを、氷川は軽く聞き流すことができない。清和がリキに重なる。

ショウは顔を派手に歪《ゆが》めて、首をぶんぶん振った。

「あのふたりのことは……」

「今朝、大輝くんと楓くんからメールを貰《もら》った。飲みに行く約束をしたよ」

大輝と楓から丁寧なメールを貰い、氷川もその場で返事を送った。楽しいやりとりだ。それなのに、ショウはぴしゃりとはねつけた。

「姐さん、駄目です」

「なぜ？」

「お願いですからやめてください」

氷川が首を傾《かし》げた時、携帯電話の着信音が鳴り響いた。昨夜、登録したばかりの大輝からだ。

「もしもし？」

氷川が応対すると、携帯越しに大輝の甘い声が聞こえてきた。

『姐さん、昨夜はありがとうございました。楽しかったです』

「こちらこそ、楽しかったよ。ありがとう」

『……えっと、それでですね。非常に言いにくいんですけど、眞鍋の二代目組長が綺麗《きれい》な男と一緒にホテルに入っていきました』

一瞬、大輝が何を言っているのか、氷川は理解することができなかった。

「……え？」

『ドブネズミみたいな色のスーツを着ていたけど、綺麗系の男です。ホストでもヤクザでもないと思います。二十五、六歳ぐらいかなぁ』

清和の相手の容貌《ようぼう》に関する説明が続いたが、氷川は己を取り戻すと遮った。

「そこはどこ？」

大輝に場所を聞くと、氷川は携帯を手にしたまま低く凄《すご》んだ。

「清和くん……」

ショウも卓も携帯で話し込んでいる氷川に注意を払っているが、決して口を挟んだりはしない。携帯の向こう側にいる大輝は、心配そうな声で尋ねてきた。

『姐さん？』

「うん、報告ありがとう。助かりました」

ショウと卓が聞き耳を立てているので、氷川は大輝の名を口にしない。冷静に言葉を選んだ。

いつしか、車は眞鍋組が君臨する夜の街に入っている。氷川が清和と生活している眞鍋第三ビルは目と鼻の先だ。

『はい、現場を押さえるのならこのままついていきます。姐さんには眞鍋組のガードが張りついているんでしょう？』

高校生のような外見にも拘《かかわ》らず、大輝は気が回るようだ。ちゃんと氷川の状態を把握している。

「うん、それじゃあ」

氷川は携帯を切ると、大きく息を吸った。車窓の外にはいつもとなんら変わらない歓楽街が広がっている。

ショウはハンドルに手を添えたまま恐る恐る尋ねてきた。

「姐さん？　今の電話《と》は？」

「ショウくん、車を停めて」

「姐さん、ご用件をお願いします」

氷川は車から降りる理由を考えていたが、急に馬鹿《ばか》らしくなってしまった。清和との仲を認められているのだから堂々と妬《や》いてやる。

「ショウくんの嘘《うそ》つき」

氷川は背後からショウの髪の毛を引っ張った。

「……はい？」

ショウは痛みで顔を歪めたが、進行方向を見つめている。助手席にいる卓は何事かと耳を澄ましていた。

「清和くん、浮気しているんだって。今、綺麗な男の人とホテルにいるんだってさ」

ショウは声にならない声を発したが、首を大きく横に振った。卓も思い切り首を左右に振っている。

「……そんなことは絶対にないっス」

ショウはきっぱり言い切ったが、氷川は黒目がちな目を潤ませた。

「絶対にない、って言い切れるのなら、赤坂《あかさか》にあるホテル・バロシルに行って？　卓くん、清和くんに連絡を入れるのは反則だよ。逃げるかもしれないから」

卓は携帯電話をポケットから取りだしたが、連絡を入れようとはしなかった。その代わり、強い口調で氷川に言った。

「姐さん、赤坂まで行ってもいいっスよ。姐さんのことだから自分の目で確認しないと納得しないでしょう。けど、絶対に違いますよ。組長は呆《あき》れるぐらい姐さん一筋です」

卓が氷川に向けた言葉を聞いて、ショウの目と口は大きく開いた。よほど驚いたらしく、ポカンと開いた口はなかなか閉じない。この場合、氷川を説き伏せて部屋に帰らせるのがショウと卓の仕事だからだ。

卓はショウに視線で語りかけた。

組長は浮気しないよな、と清和の舎弟たちは目で話し合っているようだ。

「僕が自分で確かめる」

氷川は卓に涙で潤んだ目を向けた。

「姐さん、誰から聞いたネタか教えてください。組長には敵が多いので」

清和の弱点が誰であるか、今ではもうそこらじゅうに知れ渡っている。氷川を人質《ひとじち》に取られたら、眞鍋組は手も足も出ない。それは氷川もきちんと理解している。自分のことで眞鍋組を苦しめたくはない。

「大輝くん」

情報源を聞いて、卓はひとしきり唸《うな》った。

「大輝？　ジュリアスの大輝か……奴はどこの組の息もかかっていないはずだ。リキさんに惚《ほ》れてるから眞鍋にも従順なはずだし……」

ショウも困惑していたが、目前に迫った眞鍋第三ビルを素通りして、赤坂に向かって車を走らせる。ガードについていた車やバイクも、氷川を乗せた黒塗りのベンツに続いた。

「清和くん……」

氷川が愛《いと》しい男の名を呟《つぶや》くと、卓が返事をした。

「絶対に違います」

今まで氷川と視線を合わすまいと、懸命に逃げていた卓とは到底思えない。氷川に対する清和の愛を語る卓は自信に溢《あふ》れていた。

「卓くん、どうして言い切れるの？」

氷川は目頭を押さえたまま卓に尋ねた。

「そんなの、組長を見ていたらわかりますよ。組長は姐さん一筋ですから」

「じゃあ、どうして清和くんは綺麗な二十五、六歳の男と一緒にホテルに入っていくの？　なんのために？　何かの付き合い？」

浮気でなければ、いったいなんだ。氷川は必死になって清和が男性とホテルに入っていく理由を考えたが、頭に血が上っているせいか何も浮かばない。

「密談があったのかもしれませんね」

顎《あご》に手を当てて考え込んでいた卓は、運転席で黙りこくっているショウを眺めながら言った。

「密談？　ホテルで密談？」

思いもよらなかったことを聞いて、氷川は濡《ぬ》れた目を大きく見開いた。

「それか、大輝の見間違いかもしれません」

「大輝くんの見間違い……」

「組長に似ている男がいたら影武者としてスカウトしたいですね。ひとりでいいから欲しい」

「大輝くんの見間違いならいいな」

氷川が震える声で切ない想いを漏らすと、三叉路《さんさろ》でハンドルを右に切ったショウがポロっと零した。

「もう、わけわかんねぇっス。本当に浮気していても組長と別れる気ないくせに、どうしてわざわざ現場に乗り込もうとするんですかね。浮気ぐらい男にとったら昼飯食うみたいなもんじゃねぇスか」

ショウが漏らした男の本音に、氷川の何かが弾け飛んだ。

「……や、やっぱり、清和くんは浮気しているの？　そりゃ、そりゃあ、僕は清和くんが浮気していても別れられない。だけどね、一度見逃したらどこまでもズルズルといってしまうかもしれないから早めに止めたほうがいい……ような気がするんだ。うん、軽い火遊びのうちに止めておかないと大火傷《おおやけど》になるかもしれないから」

そんなんだからお前は女に逃げられるんだよ、と青褪《あおざ》めた卓はショウを窘《たしな》めた。それから、氷川を宥《なだ》めにかかった。

「姐さん、ショウは何も組長が浮気していると断定して言ったわけじゃありません。姐さんが組長をどれだけ大事に想ってくださっているか知っています。それゆえの喩《たと》えです……姐さん？　誤解しないでくださいよ？」

卓の掠《かす》れた声は氷川の耳には届かない。氷川の脳裏には『浮気』の二文字が渦巻いている。

「……ホテル・バロシル、ここだね？　あ、大輝くんがいる」

車窓の外に大輝に告げられた外資系の高級ホテルが見えた。国内最高の価格とサービスで有名なホテルは、周囲を圧倒するように聳《そび》え立《た》っている。携帯電話を手にうろついている大輝の姿も氷川の視界に入った。

「怪しい奴は……」

卓は辺りを窺《うかが》うが、氷川は目を据わらせると言い放った。

「眞鍋組の構成員より怪しい人も危険な人もいないと思うよ」

氷川の辛辣《しんらつ》な厭味《いやみ》に、卓は苦笑を漏らした。

「姐さん……」

「卓くん、拳銃《けんじゅう》、持ってる？」

氷川が陰惨な目で尋ねると、卓は真っ青な顔で答えた。

「持ってるわけないでしょう」

「役立たず」

「ちょっ、姐さん、何に使う気ですか……って、どこに行くんですか」

氷川は卓を振り切って車から降りると、大輝の元に駆け寄った。

「大輝くん、行くよ。清和くんはどこ?」

「こちらです」

清和と大輝は吹き抜けが素晴らしいホテルのロビーを足早に通り抜け、エレベーターホールに辿《たど》りついた。

チンピラファッションに身を包んだショウと、ブリーチ加工とクラッシュ加工がふんだんに施されたジーンズを穿《は》いている卓は、ドアマンに足止めを食らっている。ふたりとも評判のホテル・バロシルの名と場所を知っていても、チェックの厳しさは知らなかったらしい。

エレベーターで二十五階に上がり、コーナースイートの前に立つ。大輝は真剣な面持ちで氷川に言った。

「姐さん、ここです」

「わかった、ありがとう」

氷川は大輝に礼を言うと、コーナースイートのインターホンを押した。

『はい？』

清和の浮気相手だろうか、インターホン越しに返事があった。冷たく感じる声だが、氷川に聞き覚えはない。ホテルのスタッフを装うつもりだったが、完全に頭に血が上っていた。

「開けて」

氷川が用件のみを簡潔に言うと、ドアの向こう側にいる相手は明らかに戸惑っていた。

『……はい？』

「聞こえないのか？　早く開けろ」

氷川は借金返済を求める闇金業者のようにドアを叩《たた》き始《はじ》めた。傍《かたわ》らにいる大輝は豆鉄砲を食らった鳩《はと》のような顔をしている。清楚《せいそ》な美貌を著《いちじる》しく裏切る氷川の激しさに驚いているのだ。

『どちら様ですか？』

「僕だよ、清和くん、いるんでしょうーっ」

氷川はドアを思い切り蹴《け》り飛《と》ばした。もちろん、自分の足が痛むばかりだが蹴らずにはいられない。

氷川の猛攻に負けたのか、ドアが静かに開いた。

地味な色のスーツに身を包んだ綺麗な青年とネクタイを少し緩めたリキが、開いたドアの向こう側に立っている。ふたりとも瞳《ひとみ》を曇らせていた。

「……リキくん？　清和くんはどこ？」

氷川がリキの襟首を摑《つか》んで凄《すご》むと、冷静沈着の代名詞そのままの眞鍋の虎《とら》が困惑顔で言った。

「姐さん、いったいどうされたんですか？」

「どうされたもこうされたもないでしょう」

氷川はリキの襟首から手を離すと、綺麗な顔立ちの青年の前に立ちはだかった。

「君、名前は？」

氷川が挑むような目で尋ねると、青年は悠然とした態度で名乗った。

「二階堂正道《にかいどうまさみち》、そちらにいる男には『正道』と呼ばれています」

リキが彼を『正道』と呼んでいるのならば、清和も同じように呼んでいる可能性が高い。

「正道クン？　君が清和くんの浮気相手？　うちの清和くんの趣味も本当にわからないね」

氷川は吐き捨てるように言うと、黒を基調にしたシンプルでいて高級感に溢れている部屋を見回した。浮気相手と戦うのは、清和を問い詰めてからだ。もちろん、清和と別れる

気は毛頭ない。

「清和くん、どこにいるの？　隠れていないで早く出ておいで」

氷川は清和を求めて、部屋の中を探し回る。黒いテーブルと革のソファが中央に置かれているリビングルームにも、どっしりとしたベッドがふたつ並んでいるベッドルームにも、テレビが観られるバスルームにも広々としたパウダールームにも、清和の姿は見当たらない。床や壁が御影石《みかげいし》のトイレにもいなかった。備え付けのクローゼットや下駄箱、果ては冷蔵庫も開けて確かめる。

「そういえば、昔、清和くんは変なところに潜り込んだ。鞄《かばん》やゴミ箱に入っていたこともあった……今はもう無理だよね」

あどけない清和は洗濯機や段ボール箱の中に入っていたこともあった。籠《かご》からひょいと顔を出して、『諒《りょう》兄ちゃん』と氷川を呼んだ清和は本当に可愛《かわい》かった。幼い清和を思いだすと氷川の頰《ほお》は自然に緩むが、今はそんな時ではない。

「まさか、窓から逃げた？」

そんなことはあるはずがない、と氷川は思いつつも窓辺に近寄った。しかし、二十五階の窓は開けようとしても開かない。

「あれ？　清和くんは？」

氷川が振り返ると、仏頂面《ぶっちょうづら》のリキに涙目の大輝が抱きついていた。

その傍らでは正道が冷たい微笑を浮かべている。

正道の顔は綺麗に整っているが、冷たいムードが漂っていて、非常に近寄りがたい。大輝が形容したようにヤクザでもホストでもないようだが、普通のサラリーマンでもないはずだ。氷川は正道が何者なのかわからない。

「大輝、姐さんを騙《だま》したな」

すべてを悟ったリキがいつもより低い声で、騒動の犯人である大輝に言った。その瞬間、大輝は泣きながらその場に頽《くずお》れる。

「姐さん、騙してすみません。リキさんがそんな奴とホテルに入っていくのを見たから悔しくて……」

大輝は涙声で氷川に謝罪した。

リキが正道と肩を並べてホテルに入っていく姿を見た途端、反射的に大輝は氷川の携帯番号を押してしまったらしい。大輝ひとりでホテルに乗り込む度胸がなかったそうだ。氷川にはいじらしい大輝を叱《しか》る気はまったくない。清和が浮気していなかったら、それでいいのだ。

「清和くんが浮気していたんじゃないからいい……っと、そういう問題じゃないけどいいや。大輝くん、構わないよ」

氷川の言い草に、リキは苦笑を漏らし、大輝は大粒の涙をぽろぽろと流した。リキを想って泣く大輝は痛々しいくらい可愛い。

「義信《よしのぶ》は昔からモテたな。どこがいいんだろう」

正道がリキの本名を口にしたので、氷川は目を大きく見開いた。察するに、正道はリキの過去を知っている。

大輝はリキの本名については何も触れなかった。本名を使う極道が少ないと聞いて知っているのに違いない。

「どこがいいんだろう、なんてどうしてあんたが言うんだ？　あんたもリキさんが好きなんだろう」

大輝は恋仇《こいがたき》である正道を、涙に濡れた目で思い切り睨みつけた。昨夜、楓に向けた視線より何倍も苛烈《かれつ》だ。

「ああ、君がこの男を好きになる前から、私はこの男が好きだった」

人など愛しそうに見えない正道がリキに対する長年の想いを口にしたので、その意外さに氷川は少なからず驚いてしまう。もっとも、正道の口調も冷たいので注意して聞いていなければ愛の告白だとは気づかない。正道はどこか精巧に作られた機械の人形のようだ。

「こういうのに順番はないからね」

恋に順番はない、と大輝は正道に宣戦布告を行った。

「そうだね」

大輝と正道はリキを挟んで睨み合った。

昨夜と同じように渦中の中心人物であるリキは何も言わない。リキはどちらも受け止める気はないようだ。

誰も何も喋《しゃべ》らない。

氷川も口を挟めない。

気まずい沈黙を破ったのは、来客を告げるインターホンだった。

優雅な笑みを浮かべた祐《たすく》とともに、渋面《じゅうめん》の清和が静かに入ってくる。氷川はすごすごと清和に近寄ると素直に詫《わ》びた。

「ごめんなさい」

清和は無言で頷くと、氷川の細い肩を抱きよせた。ショウや卓から報告を聞いているはずだが、清和が氷川を非難している気配はない。

「大輝は京介が可愛がっています。今回のことも含めて京介に眞鍋入りをねじ込みましょう」

策士の祐は京介獲得のために、大輝を利用しようとしていた。清和も祐の手段を支持しているらしく反対しない。喉《のど》から手が出るほど欲しい京介を得るためならば、どのようなものでも利用するつもりのようだ。

「大輝、俺はお前を利用する男だ。やめておけ」

リキは自分の胸にしがみついている小柄な大輝に、諭すように語りかけた。諦めさせたいのだろう。もしかしたら、これがリキの優しさなのかもしれない。

「リキさん、僕が役に立つならどんなに利用してもいいよ」

大輝のリキに対する想いは一途で、聞いていた氷川は感動してしまう。けれども、リキの鋼鉄の心を溶かすことはできない。

「俺はお前の想いには応《こた》えられない」

「応えてくれなくてもいい……好きになってくれなくてもいいからそばにおいて、何してもいいからっ」

しゃくり上げる大輝に、リキは凜々《りり》しい眉《まゆ》を顰《ひそ》める。

「このメンバーで同じ部屋にいるのはちょっと危ないかな」

祐のもっともな言葉で、リキは大輝を連れて部屋から出ていこうとした。リキの広い背中がドアに向かう。

「義信、話は終わっていない」

正道はリキを引きとめようとしたが、眞鍋の虎は振り向こうともしなかった。一言、淡々とした様子で永遠の別れを正道に告げた。

「正道、二度と会わない」

「義信……」

リキが消えたドアを、正道は微動だにせず見つめている。

氷川は正道がクールなのではなく、理性で感情を抑えこんでいることに気づいた。冷酷そうなムードとは裏腹に中身は情熱的なのかもしれない。

顔見知りらしく、清和は正道に声をかけた。

「正道さん、リキは忘れろ。いいな」

お前のためだ、という清和の心の叫びが氷川に聞こえたような気がした。清和は正道のために、リキを諦めろと言っている。清和の優しさから出た言葉だ。

正道は清和を無視して、氷川に視線を流した。

「噂の眞鍋の姐さんですか、おかげさまで義信を堂々と口説けます」

「正道さん、サツがヤクザに関《かか》わるな」

清和の一言で、ジュリアスで祐から聞いた警察官僚の話を氷川は思いだす。正道がキャリアだと言われたら、そう見えないこともない。

「あ、もしかして、リキくんを好きな警察のキャリアって君のことなの？」

氷川が独り言のように呟くと、正道は自嘲気味《じちょうぎみ》な微笑を浮かべた。

「はい」

氷川は正道の手をぎゅっと握ると、切々と語りだした。

「清和くんの言う通り、ヤクザに関わっちゃ駄目だよ。国家公務員試験Ⅰ種に合格するために頑張ったんでしょう」

氷川は医師になるために血の滲《にじ》むような努力をしたので、正道もそれ相応の努力をしてきたと思い込んでしまう。国家公務員試験Ⅰ種の難しさは氷川もよく知っていた。

「そんなに神経質になることはありません」

今回、話し合いの場所にホテルの一室を選んだ最大の理由は他人の目だ。氷川は正道の立場を思うと背筋が凍りついた。

「だって、うちのリキくんはヤクザだよ？　一緒にいるだけで疑われるかもしれない。警察も清潔な組織ではないでしょう」

氷川がいる医師の世界は陰惨で壮絶だが、警察も裏では醜い足の引っ張り合いがある。正道にはエリートとして陽の当たる道が用意されているが、眞鍋組のリキという存在は命取りになりかねない。

「お心遣いに感謝します。ですが、眞鍋の虎が高徳護国流《たかとくごこくりゅう》宗家《そうけ》の家出息子だということは、知る人ぞ知る公然の秘密ですから、そこまで気にする必要はないと思います」

日光《にっこう》にある高徳護国は剣道で有名な流派で、リキは宗家の次男坊だった。リキの本名は高徳護国義信といい、最強の名をほしいままにした天下無双《てんかむそう》の剣士だ。リキには鬼神という異名もあった。

宗家の長男の晴信《はるのぶ》も傑出した剣士だったが、次男のリキは次期当主となる兄を遥《はる》かに凌《りょう》駕《が》した。それゆえに、高徳護国流がふたつに割れそうになったのだ。

リキは生まれ育った家を出て、極道の世界に身を投じた。

警察には剣道の関係者が多いので、高徳護国の鬼神が眞鍋組のリキであることは密かに知れ渡っている。すでに高徳護国も黙認していた。高徳護国が分裂しないためにも、リキは生まれ育った世界に戻らないほうがいい。それがわからないのは、リキの兄の晴信ひとりだった。

「高徳護国……君も高徳護国流の方なの？」

一度聞いたら忘れない名に、氷川は声を上げた。高徳護国の次期当主である晴信のことは今でも鮮明に覚えている。爽《さわ》やかな外見をした曲者《くせもの》だった。

「はい、私は高徳護国で剣を学びました」

義信とは同じ高校と大学に通いました、大学の学部は違いましたけどね、と正道は控えめにリキとの過去を語る。

「リキくんが好きなの？」

氷川は躊躇《ためら》いがちに尋ねたが、正道は臆《おく》することなくはっきりと答えた。

「はい」

「君とリキくんはいったい……」

正道は黒い革のソファに腰を下ろすと、どこか遠い目で語り始めた。

大学卒業の直前、正道はずっと胸に秘めていた想いをリキに告げた。元々、告げるつもりはなかったという。だが、学生時代の終わりを迎えるにあたり、正道の心は揺れていたのかもしれない。思い詰めた挙げ句、夜間稽古《やかんげいこ》の後にとうとう告白してしまった。その時、高徳護国の道場にはふたりしかいなかった。

『義信、ずっと好きだった』

友人だとばかり思っていた正道の告白に驚いたのか、袴姿《はかますがた》のリキは固まった。なんの言葉も返してはもらえない。

『義信、いやか？』

正道は硬直しているリキを力ずくで固い床に押し倒すと、その薄い唇を近づけた。

リキの唇に正道の薄い唇をそっと重ねる。

再度、角度を変えて深く重ねようとしたが、自分を取り戻したリキにやんわりと躱《かわ》されてしまった。

『正道……』

リキは正道から視線を逸らし、まともに目を合わせることもしない。困惑していることは、重なり合っている身体《からだ》から伝わってきた。

『ほかの誰かに君を取られるのがいやだ』

『…………』

『義信……』

リキは正道の身体を押しのけると、何も言わずに道場から出ていった。残された正道は告白したことを心から悔やんだという。

それから三日間、正道はリキと顔を合わせることができなかった。

卒業式の後、決死の覚悟でもう一度、リキと真正面から向かい合おうとした。駄目ならば完全に拒絶してほしかったのだ。そうでなければ、リキに囚《とら》われている正道は新たな一歩を踏みだすことができない。けれども、リキはどこにもいなかった。

そこまで語った正道に、悔やんでも悔やみきれない後悔を感じる。氷川は正道の隣に腰を下ろすと優しく微笑《ほほえ》んだ。

「友人であり門人である私に神聖な道場で迫られて、嫌気がさして蒸発してしまったのかもしれないと。後悔しました。あんなに後悔したのは生まれて初めてでした」

正道が自嘲気味に言ったので、氷川は手を大きく振った。

「正道くん、それは全然違うから」

氷川はリキが実家から出た理由を知っている。

「はい、門人たちの様子から高徳護国のためだとわかってはいたのですが、やはり何も告げられずに消えられたのはショックでした。情けない話ですが、私は自分で思っていたよりずっと弱かったようです」

正道は冷たく整った容貌で損をしているかもしれない。彼は外見よりずっと繊細でナイーブだ。

氷川は正道の手をぎゅっと握った。

「辛かったね」

正道は氷川の行動に戸惑っているようだ。

「先生……」

「あれ？　手が……」

正道が中性的な容貌からは想像できないような手をしているので、氷川は驚いてしまった。正道の固くて逞《たくま》しい手を確認するように何度も握る。

氷川が目を丸くしている理由に、正道も気づいたらしく綺麗な目を細めた。

「ああ、子供の頃から私も剣道をしていましたから」

正道は幼い頃から自宅の近くにあった高徳護国流の道場に通ったという。中学二年生の時にその実力を認められて、高徳護国の宗家に招かれた。そこで連戦連勝のリキに初めて会ったのだ。

リキの無敵の強さに、正道は心を奪われたらしい。

「そっか、剣道か……」

「先生は清水谷《しみずだに》のご出身ですよね？　清水谷で剣道はされなかったのですか？」

氷川が卒業した清水谷学園大学は武道奨励校で、中でも剣道と柔道は盛んだ。中等部と高等部は授業に組み込まれている。

「僕は大学からですので」

「そうですか、確かに、眞鍋の姐さんに剣道は無理です」

「僕も習得する自信がありません」

正道と氷川は目を合わせると軽く笑った。

リキが失踪《しっそう》した後、正道は後悔に苛《さいな》まれ続《つづ》けたという。苦しくてたまらなかったある日、正道は破竹の勢いで勢力を広げている眞鍋組の凄腕《すごうで》を知る。ずっと焦《こ》がれていた高徳護国義信ことリキだ。

正道は背中に極彩色の虎を彫ったリキに会いに行った。

しかし、リキにはすげなく避けられた。

そんなことが今までに何度もあったという。

清和は傍らでじっと聞いているだけでいっさい口を開かない。表情は変わらないが、清和が正道に嫌悪《けんお》を抱《いだ》いていないことは氷川にもわかった。

「リキくんは女性をフった話しか聞かないけど、男が好きなタイプではないと思う」

リキに女の影は見当たらないが、そういう趣味はないと氷川は踏んでいる。正道もあっさりと認めた。

「私もそう思います」

「正道くんも男が好きなタイプじゃないでしょう」

目の前にいる正道も男が好きな類《たぐい》の男ではない。女性に興味が持てなかった氷川は、なんとなくだが感覚でわかった。

「男とか女ではなく、私は自分でもなぜだかわからないけれども、義信しか考えられないのです。昔から気になるのは義信だけでした」

氷川が自分で自分を持て余しているように、正道も自分で自分を持て余している。

「リキくん……いや、義信くんだけか。勉強しすぎでおかしくなったわけじゃない……よね？　剣道もしていたんだし……」

正道は国内最高の偏差値を誇る最高学府を卒業しているが、勉強しかできない男ではない。文武両道を見事に成し遂げている。

「あんな無愛想な男、本当にどこがいいんでしょうね」

リキのどこに魅かれたのか、どうして焦がれるようになったのか、正道も理解できないようだ。

「正道くん、勉強と剣道の両立は難しかったでしょう。もしかして、遊ぶ暇がなくて身近なリキくんに……」

「私もそう考えたのですが、社会に出ても義信の面影が消えない。女性とも付き合ってみたのですが、すぐに億劫《おっくう》になってしまって三日で別れました」

正道のリキに対する想いを聞いていると、氷川は切なくなってしまう。大輝や楓の時は楽しかったが、苦しくて仕方がないのだ。正道には同情すら抱いた。

「正道くん、三日じゃ付き合ったとは言わないと思う」

氷川は指を三本折って数えてみせる。正道が女性とどのような付き合い方をしたのか知りたくなったが、氷川はあえて尋ねることはしなかった。

「そうですか」

正道はかつて付き合った女性になんの気持ちも抱いていないようだ。

「僕はヤクザは嫌いだし、反対だけど、清和くんがヤクザでいる限り、リキくんは絶対に手放さない。眞鍋組にリキくんは必要だから」

氷川は清和を愛する二代目姐として、正道に言葉を向けた。どう考えてもリキがいない眞鍋組は立ちゆかない。

リキに暴力団をやめさせたがっているのだとばかり思っていたが、正道は目を細めて軽く頷いた。

「義信は松本力也《まつもとりきや》の代わりに生きると決めています。昔から一度決めたことは何があっても変えませんから」

かつて眞鍋組には松本力也という男がいたが、氷川が知っている眞鍋の虎ことリキではない。

『初代』と『馬鹿な』がつく松本力也の名が出た途端、清和の瞳は曇った。一瞬にして清和から不夜城の主《あるじ》としての覇気が消える。

「松本力也、知っているの？」

氷川は苦しそうな清和に構わず、正道に初代・松本力也について尋ねた。

「松本力也も高徳護国の門人でした。剣の試合、高徳護国代表として義信が大将である時、副将は私で先鋒《せんぽう》が力也でした。私たちは『力也』と呼んでいましたが、眞鍋組では『リキ』と呼ばれていたそうですね」

「いったい……？」

正道はどこか懐《なつ》かしそうな目で、松本力也について語り始めた。

力也も正道と同じように優秀な剣士で、高徳護国の宗家に直接習うほどであった。同い年ということもあったがリキや正道とも仲がよく、一緒に剣の道に励んだという。

力也が高校生の時、父親が多額の借金を作って蒸発した。残された力也と母親は地獄の日々を彷徨《さまよ》う。リキや正道は借金取りと対峙《たいじ》したこともあった。

『力也、うちに来い』

リキは借金の取り立てに疲弊しきっている力也と母親を、自宅、すなわち高徳護国宗家の屋敷に匿《かくま》った。ここならばどんな借金取りが来ても撃退することができる。高徳護国の当主であるリキの父親も鬼姫と異名を取った母親も長男の晴信も、よるべのない力也と母親を大切に守った。

そんなある日、借金返済の目処《めど》がついたからと、蒸発していた父親が力也と母親を迎えに来た。リキと正道は笑顔で、力也を見送ったという。

そこまで話した正道はとても悔しそうに唇を嚙《か》んだ。己の無力さを悔やんでいる気配がある。

「私は浅はかな子供だった。今ならばちゃんと調べるのに……」

過去の自分を責める正道に、氷川は戸惑うしかなかった。

「正道くん？」

「力也のお父上は借金を返済されて妻子を迎えに来たわけではありませんでした。借金を返済するために妻子を迎えに来たのです。力也とお母上はお父上に売られました」

正道は苦悩に満ちた顔で辛い過去を一気に語った。

「……売られた？」

独り言のように反芻《はんすう》したが、氷川には実感が湧《わ》かなかった。無意識のうちに悲惨な予想を回避したのかもしれない。

「人の命を救うお仕事をなさっているのならば、おわかりになるかと思います」

正道の歯軋《はぎし》りが聞こえたような気がした瞬間、氷川の前に臓器が売り買いされる現場が浮かんだ。

「あ……」

力也と母親は借金を綺麗に清算した父親と、新しいスタートを切るものだと喜び勇んでいた。だが、父親には新しい女がいたのだ。力也と母親は借金返済のために売られた。力也と母親が売るものは臓器である。

力也が真実に気づいて暴れたが、すでにどうしようもなかった。もうこれまで、と力也が覚悟を決めた時、臓器売買に携わっていた眞鍋組の橘高《きったか》がすべての裏に気づいた。当時、橘高は若頭だった。

『お前、若いんじゃないか？　いくつだ？』

タオルの猿轡《さるぐつわ》を外された力也は麻酔で朦朧《もうろう》としていたが、橘高の質問に答えた。

『十六』

『十六？　お前、腎臓《じんぞう》・片肺・角膜を売ることに納得しているのか？　肝臓もちっとばかし売ることになっているぜ？　これだけ売ったら一生、動けんかもしれん』

眞鍋組の裏の仕事として、橘高は臓器売買に手を染めているが、売る本人が納得していない売買には携わらない。力也の若さとこの状態を不審に思って、橘高は問い質《ただ》したらしい。

『な、納得なんてしてねぇ……オフクロは？　オフクロは無事なのか？』

『オフクロ？　隣の部屋にいた中年女性のことか？　もしかして、騙されて売られたのか？』

いくつもの取引を経験してきた橘高に、いやな予感が走ったそうだ。

『オ、オヤジ……オヤジが……』

『わかった、助けてやる』

正義感が強く人情家の橘高は、気の毒な力也と母親を助けた。そして、身寄りのない力也と母親の生活の面倒を見た。一時は清和と同じ屋根の下で暮らしたという。その間、清和にとって力也は兄にも等しかったそうだ。

間もなく、心労のせいで母親はあっけなく亡《な》くなってしまったけれども、最期《さいご》は苦しまずにすんだ。

橘高は力也を実の息子のように可愛がり、カタギとして生きさせようとした。それ相応の援助もすると約束した。けれども、力也は助けてくれた橘高に心酔して、眞鍋組の構成員になった。

氷川は力也が橘高の舎弟になった経緯を聞いて言葉を失った。

正道もリキに再会して話を聞くまで、力也の悲しみを知らなかったという。助けられなかった力也に心を痛めていた。力也に弟のように可愛がられた清和も辛そうだ。しかし、氷川の細い肩を抱いて立ち上がった。

「正道さん、高徳護国義信のことも松本力也のことも忘れろ。それが正道さんのためだ」

清和は正道を真剣な目で貫いた。

「私が警察を辞めればいいのか」

正道は本気とも嘘とも判断のつかないことを、淡々とした口調で言った。彼は必要に迫られればリキのためにすべてを捨てるかもしれない。

「やめろ、そんなことをしても無駄だ。正道さんは正道さんの人生を行け。高徳護国義信も正道さんの幸せを願わないわけじゃない」

清和は言うだけ言うと、氷川の肩を抱いたまま部屋を出た。重厚なドアが鈍い音を立てながら閉まる。あっという間の出来事で、氷川は正道に別れの挨拶すらできなかった。

「清和くん……」

「頼むから、正道さんに関わるな」

清和は氷川が正道と親しくなることを警戒していた。正道の立場を考慮したら、清和の懸念は無理もない。

「関わろうとは思わないけど気の毒で」

「同情する必要はない」

清和が正道を容赦なくはねつけた時、眞鍋の裏の実働部隊を率いるサメが現れた。背後にはサメの舎弟であるハマチやアジもいる。彼らは諜報活動《ちょうほうかつどう》を一手に引き受けているからか、どこからどう見ても平凡なサラリーマンだ。

「これからはショウや卓に服装の指導もしたほうがいいですね」

ホテルに入ることを許されなかったショウと卓を、サメはシニカルな微笑で揶揄《からか》った。


サメのガードで氷川は清和とともに眞鍋第三ビルに向かう。深夜の眞鍋組のシマはいつもと同じように禍々《まがまが》しいネオンが輝いていた。

眞鍋第三ビルの駐車場にはショウと卓が待ち構えている。氷川と清和の姿を見ると、ふたりは一礼した。

「お疲れ様です」

卓は晴れやかな顔をしているし、ショウにいたっては嬉《うれ》しそうに膝《ひざ》が揺れている。

「ショウくん、卓くん、どうしたの？　何かあったの？」

氷川が不思議そうに尋ねると、ショウが勝ち誇ったように答えた。

「姐さん、組長は姐さん一筋だって言ったじゃねぇっスか。ホテルに乗り込んでどうでした？　浮気していたのは組長じゃなかったんでしょう？　第一、組長はいなかったんでしょう？」

氷川がホテルに乗り込んだ時、清和は祐と一緒に舎弟企業の決算を眺めていたという。その時点でリキに恋する大輝の嘘であることに気づいたそうだ。

腰に手を当てて高らかに笑ったショウの後に、満面の笑みの卓が言葉を重ねた。

「姐さん、これからは何を聞いても組長を信じてあげてください。組長は姐さんひとりを大事にしていますからね」

ショウと卓のみならずサメにも意味深な目で見つめられて、氷川はいたたまれなくなってしまった。確かに、大輝の言葉に惑わされたのはほかでもない氷川だ。傍らに立つ清和は苦笑を漏らしている。

「ごめんなさい」

氷川が素直に詫びると、清和は口元を緩めた。ショウや卓も嬉しそうに肩を叩き合っている。

「姐さん、マジにこれから妬くのはナシっスよ。組長は絶対に浮気はしません。どんないい女に迫られても、組長は断っています」

今まで般若《はんにゃ》と化した氷川に肝を冷やしてきたからか、ここぞとばかりにショウは言い続けた。

「うん」

この場で反論できないことはわかっているので、氷川は大きく頷いた。

「組長はモテるんでいろんな怪しい情報が姐さんの耳に入るかもしれないけど、浮気関係は全部、嘘だと思ってください」

「うん」

「組長がどこで何をしていても、姐さんはど～んと構えていたらいいんですからね。それこそ、組長がソープで遊んでいようが、デリヘル嬢と遊んでいようが、気にしないでください」

ショウの口から聞き捨てならないワードが飛びでたので、氷川は長い睫毛《まつげ》に縁取られた目を大きく揺らした。

「うん？」

「組長が女の家に行ったぐらいで怒らないでください。男にとってえっちなんて便所に行くのと一緒っスから」

調子に乗ったのだろうが、ショウの比喩《ひゆ》は氷川の神経を尖《とが》らせるものになった。青褪《あおざ》めた卓が文句を言いながら、ショウの後頭部を殴った。

「ショウ、だからお前は女と続かないんだよ」

ショウの漏らした一言で雲行きがおかしくなりかけるが、清和は無言で氷川の肩を抱いてエレベーターに乗りこんだ。

「清和くん、トイレに行くのと一緒？」

氷川の耳にはショウが漏らした男の本音がこびりついている。清和は口を閉じたままエレベーターの壁を見つめていた。

「ソープにデリヘル？」

「………」

「清和くんには僕しかいないから何も気にするな？」

清和の気持ちを氷川が口にすると、愛しい男は照れ臭そうに微笑んだ。

「そうだ」

「うん、わかっている。わかっているんだけどね」

愛しているからこそ不安になる、と氷川は心の中で呟く。口に出さなくても、清和にも通じているようだ。

エレベーターから出た後、氷川は玄関口で清和の唇にキスを落とした。清和の腕に自分の腕を絡ませたまま、氷川は玄関のドアを開ける。

ふたりが住んでいる部屋は、今朝出ていった時のままだ。氷川は清和とともに洗面台で手を洗った。

「清和くん、はい、タオル」

氷川はピンクの花柄のタオルを持つと、甲斐甲斐《かいがい》しく清和の手を拭《ふ》いた。氷川を守りたがっている手は大きくて優しい。

「清和くんの手も固いけど、正道くんの手とはやっぱ違う」

「剣道はしなかった」

清和は柔道の授業はあったが、剣道はなかったという。

「正道くんの手は剣道の手なのかな」

「……頼むから、正道さんのことは忘れてくれ」

氷川の心に正道という男が深く刻まれたことに、清和は凄まじい危機感を抱いていた。

「忘れられないと思うけど努力はするね」

氷川が曖昧《あいまい》な返事をすると、清和は凛々しい眉を顰める。氷川を非難していることは明らかだ。

氷川は軽く微笑むと、真一文字に結ばれた清和の唇に啄《ついば》むようなキスを何度も落とした。

それから、氷川は清和の手を引いて、ふたりの残り香が漂うベッドルームに入る。クローゼットを開けて、ハンガーを取りだした。

「リキくん、正道くんのことは嫌いじゃないよね」

祐は将来が約束されている正道を利用する気だが、リキは明確に拒んでいる。とりもなおさず、正道のためにだ。

氷川が清和のネクタイを緩めながら確かめると、年下の彼は簡潔に答えた。

「ああ」

「リキくんは正道くんのことを親友として大事なんだね」

リキの心の内を氷川が指摘すると、清和も異論は唱えなかった。

「初代・松本力也から高徳護国義信と二階堂正道の話はよく聞いていたんだ。気の合う仲間の話は聞くのが楽しかった。仲間のことを喋っている松本力也も楽しそうだったんだ」

亡くなった松本力也を語る清和は辛そうだが、思い出自体は楽しいものらしい。サバサバとした松本力也は、当時高校生だった清和にいろいろなことを教えてくれたという。借金取りに悩まされたことも父親に売られたことも、松本力也はすべて水に流す力があったそうだ。

己を顧《かえり》みることのなかった実母を拒絶している清和に、人を許すことを懸命に教えようとした。憎んでいてもしんどい、と。

「松本力也くんに高徳護国義信くんに二階堂正道くん、本当に仲がよかったんだろうね」

氷川はしみじみと言うと、清和のネクタイをネクタイ掛けにかけた。自分が締めていたネクタイも収める。

「ああ、そう聞いている。正道さんはリキだけじゃなくて初代・松本力也の大親友でもある。正道さんが苦しんだら、初代・松本力也も苦しんだと思う。だから、正道さんを不幸にしたくない」

清和は歯向かう者には容赦がないと恐れられているが、血が通っていないわけではない。正道の人生を気にかける清和は、氷川がよく知る可愛い男だ。

「うん、そうだね」

氷川は優しい手つきで清和のシャープな頰を撫でた。可愛い年下の男はされるがままだ。

「正道さんは正道さんの人生を歩んでほしい。ヤクザと関わらないほうが正道さんのためだ」

清和の言い分はもっともだが、危険だと知りつつもヤクザに飛び込んだ氷川には何も言えなかった。

そんな氷川に気づいているのか、清和はふたりの過去を語った。

「リキと正道さん、俺と先生とは違うからな」

俺は先生に惚れていた、と清和は切れ長の目で雄弁に語る。

氷川にとって清和は心のよりどころだったが、恋心を抱いていたわけではない。

「僕にとって清和くんは可愛くてたまらない弟だった。ヤクザに関わらないほうがいいって頭ではわかっていても、足は眞鍋組に向かっていたんだ」

決して短くはない年月を経て再会した時、氷川と清和の目線の高さが変わっていたように、お互いの立場も違った。

「…………」

「僕は清和くんに殴られて、バケツの水をひっかけられた。リキくんも正道くんにそんなことをしたの？」

かつて氷川は清和に会いたい一心で眞鍋組の総本部に足を運んだが、狂気を含んだ彼に追い返されてしまった。清和の氷川に対する深い愛以外の何物でもない。それは氷川も痛いほどわかっているので詰る気はなかった。

「あのふたりが殴り合ったらどうなるかわからない」

正道はリキに殴られて、黙っている男ではない。かつての氷川のように泣きながら帰ることはないはずだ。

「正道くんならやり返すかな。でも、リキくんのほうが強いでしょう」

「ああ、リキが勝つ。リキが勝つと思うが、正道さんも強い。あのふたりがまともにぶつかったら、家の一軒ぐらい軽く壊れると思う」

高徳護国の鬼神と呼ばれたリキの時代には、同年代にも傑出した剣士が揃っていて、中でも正道の強さは今でも語り継がれている。正道は真剣での勝負が得意で、リキとはまた違った戦い方をする剣士だった。

「家が壊れる？」

氷川がきょとんとしたので、清和は説明を加えた。

「初代・松本力也から聞いた話だが、昔、あのふたりは大ゲンカをして高徳護国の道場を破壊したそうだ」

　想像を絶するリキと正道の過去に、氷川は腰を抜かしそうになった。

「道場を破壊したの？　あのふたりのことだから爆発物なんて使っていないよね」

「ああ、鬼怒川《きぬがわ》にある小さな道場だったらしいけどな」

「あのふたりはいったい……」

「正道さんが諦めれば、それですべてすむ」

　清和が一言で終わらせたので、氷川は黒目がちな目をゆらゆらと揺らした。逞しい彼の胸に白い頬を擦り寄せる。

「正道さん、諦められないから悩んでいるんじゃないか」

　氷川が正道の気持ちを代弁すると、清和はいつもよりトーンを落とした声で唐突に話題を変えた。

「先生、風呂《ふろ》に入ってきたのか？」

「……ん？　ああ、暴れた患者さんを押さえようとしてワゴンにぶつかって薬品をかぶったんだ。病院でシャワーを浴びた」

「そうか」

　清和の反応から、貞節を疑われていたことを知る。氷川は驚愕《きょうがく》のあまり惚《ほう》けてしまったが、憮然《ぶぜん》とした面持ちで言い返した。

「清和くんじゃあるまいし、ソープに行ったりしないよ」

つい先ほど、調子づいたショウから出た言葉は、氷川の耳にしっかりとこびりついて消えない。眞鍋組のシマに男を煽《あお》る風俗店は数えきれないほど存在していた。

「先生、ショウの言ったことは忘れてくれ」

氷川は清和のシャツのボタンを外しながら、年下の彼が口にしそうなセリフを言った。

「デリヘルも忘れろ？」

「そうだ」

「清和くん、ソープとかデリヘルで遊んだことがあるの？」

清和は何も言わなかったが、氷川には答えがわかった。

「清和くん、ソープとかデリヘルで遊んだことがあるの？　ソープってあのソープだよね？　製薬会社の営業が連れていってくれるところだよね？」

風俗店には製薬会社の営業に誘われたことがあるが、氷川はいつも理由をつけて逃げていた。氷川には難攻不落の真面目《まじめ》な医師というレッテルがついている。

「…………」

「デリヘルって呼んだら来てくれる女の子でしょう？　どこに呼んだの？」

氷川は力の限り清和のシャツを引っ張った。

「…………」

「僕と暮らす前のこと？」

清和が目で語っていることを、氷川は自分で口にした。

「そうだ」

「清和くん、真面目な優等生だって聞いていたのに、女関係はなんか凄くない？」

嫉妬とは違う思いが、氷川には湧き上がってきた。今まで時に触れ耳に入ってきた清和の女関係は半端ではない。

「…………」

「ソープとかデリヘル、橘高さんに遊ばせてもらったの？」

中学生の清和に初体験のお膳立《ぜんだ》てをしたり、高校生の清和に芸者遊びをさせたのは義父の橘高なのだ。風俗嬢と遊ばせてもおかしくはない。

「初代の松本力也が女好きだったんだ」

清和は氷川から目を逸らすと、風俗体験の理由を告白した。

「ソープとデリヘルは初代の松本力也くん？」

「そうだ」

「二代目の松本力也くんとは全然違うんだね」

リキはストイックに自分を律しているので、氷川は変なところで感心してしまう。

「ああ」

「デリヘル嬢とどんなことをしたの？」

氷川は清和のシャツを脱がすと、ズボンのベルトに手をかけた。今朝、清和にシャツを着せたのも、ズボンのベルトを締めたのも氷川だ。愛しい男にはなんでもしたくなる。

「……………」

「怒らないから言ってごらん」

氷川は悪戯《いたずら》っ子《こ》のように微笑むと、清和をベッドに倒した。すぐに清和の身体に体重を乗せる。

「……………」

「べつに怒っていないから正直に言ってごらん」

口にしても、口にしなくても、恐ろしいことには変わらない。清和は口を閉じたまま、シーツの波間に沈んでいた。

「清和くん？　何か言って？」

「……………」

氷川は清和のズボンの前を開くと、彼の分身を取りだす。白い指で目的を持って握ると、清和が低い声で言った。

「先生……」

煽《あお》らないでくれ、と若い清和は文句を言っている。氷川が触れると清和の雄々しい分身は脈を打ちながら成長していった。

「いいよ」

何に対しての了解なのか、氷川が詳しく言わなくても清和には通じる。氷川も若い彼の分身に触れたのだから覚悟はしていた。

「いいのか？」

清和は時間を気にしているようで、なかなか動こうとはしなかった。細い身体でハードな仕事をこなす氷川のことも案じている。

「僕が欲しいの」

氷川が頬を薔薇色に染めると、清和は嬉しそうに目を細めた。一段と清和の分身が大きくなる。

「あ、また大きくなった」

「…………」

「僕にちょうだい」

凄絶な男性フェロモンを発散させる清和に、氷川は身体を熱くした。

5

翌日の朝はとてもいい天気で、部屋に差し込む陽の光が心地よい。日曜日だが氷川《ひかわ》には仕事があるのでいつもの時間に起きた。氷川に付き合うわけではないだろうが、清和《せいわ》ものっそりと起きてくる。

玄米にあわやひえなどの雑穀を交ぜたご飯が上手く炊けた。野菜をたっぷり入れた味噌《みそ》汁《しる》にすりおろした生姜《しょうが》を載せ、きのことホウレンソウのサラダにバルサミコ酢とエクストラヴァージンオリーブオイルを使った手製のドレッシングをかける。作り置きしていたココナッツミルクで煮たかぶとベーコンを、里芋の煮物とともにテーブルに並べた。焼き上がった紅鮭《べにさけ》とふんわりと仕上げた卵焼きを清和の前に置く。

「清和くん、召し上がれ」

氷川と清和はふたりで食卓を囲む。平凡な日常だが、氷川にとっては至福の時だ。命のやりとりをする男を愛した今、なんら変わらない日々が幸福なのだと実感する。

清和は氷川が作る健康を第一に掲げたメニューに不服があるようだが、いっさい文句は言わずに黙々と平らげていった。

「清和くん、足りた？」

「ああ」

氷川と清和が朝食を食べ終えると、ブルックスブラザーズのネクタイをきっちりと締めたリキが現れた。

「姐《あね》さん、昨日はご迷惑をおかけしました」

リキが深々と腰を折ったので、氷川は優しい微笑を浮かべながら白い手を大きく振った。

「迷惑じゃないよ。リキくん、座って？　コーヒーでも飲んでよ」

氷川はコーヒーを注《つ》いだピンクの花柄のマグカップを、リキと清和の前に置いた。氷川もミルクと砂糖を入れて、香りのいいコーヒーを楽しむ。

「姐さん、正道《まさみち》に同情する必要はありませんから」

表彰したくなるぐらい無口なリキが珍しく自分から口を開いたと思うと、正道に関する注意だった。清和が何かリキに伝えたのだろう。

「あんなにリキくんのことを想《おも》っているのに」

正道の想いに応《こた》えてあげて、と喉《のど》まで出かかったが留まる。こちらのことではあまり口を挟むべきではない。

「正道のことは忘れてください」

リキの性格を物語る言葉だが、氷川にしてみれば歯痒《はがゆ》くて仕方がない。

「そんなの、無理だってわかっているでしょう」

氷川がマグカップに手を添えたまま溜《た》め息《いき》をつくと、リキは目を伏せて固い決意を語った。

「あの時、俺は松本力也《まつもとりきや》として生きることに決めましたから、それ以外のことに時間を割《さ》くことはできません」

この決意がリキという男のすべてを物語っているのかもしれない。氷川は躊躇《ためら》いがちに言葉を返した。

「初代・松本力也さんはリキくんを庇《かば》って亡《な》くなったって聞いたけど」

「そうです」

清和は思いだすのも身が千切れるほど辛いらしくて教えてはくれなかった。だが、正道にいたく同情している氷川を懸念してか、リキはどこか遠い目で静かに語りだした。

「大学の卒業式の後、俺は高徳護国《たかとくごこく》の家を出ました。身を隠すならば都会だと思い、新《しん》宿《じゅく》に行きました。そこで俺は羅生会《らしょうかい》という暴力団の組員にケンカをふっかけられて応戦したのです。俺は世間知らずの馬鹿《ばか》でした」

羅生会は眞鍋《まなべ》組と同じように新宿の片隅にシマを持つ暴力団だった。機嫌の悪かった羅生会の武闘派組員に謂《い》われのない暴力を振るわれたが、相手が何十人いようとも、最強の名をほしいままにした高徳護国の次男坊の相手ではない。そのあまりの強さに羅生会の武闘派組員は騒然となった。『あいつはいったい何者だ？』と。

羅生会と小競り合いを繰り返していた眞鍋組にも、リキの強さは届いたそうだ。その当時、清和は進学校に通う真面目《まじめ》な高校生で、ショウは橘高預《きったか》かりになっていて鍛えられていた。

尋常ならざる強さゆえ、リキは羅生会の武闘派組員に狙《ねら》われ続《つづ》ける。

その日も凶器を振り回す羅生会の若い組員たちと、リキは素手でやり合っていた。むろん、高徳護国の鬼神が勝った。早々に立ち去ろうとした時、乱闘騒ぎを聞きつけてやってきた初代・松本力也と再会した。

『義信《よしのぶ》、なんでこんなところにいるんだ』

いかにもといった極道ファッションに身を包んだかつての高徳護国流の剣士に、リキはひたすら驚いたという。

『力也、それは俺の言うことだ。ヤクザみたいだぜ』

『俺、ヤクザ』

力也に腕を摑《つか》まれて、リキは人気《ひとけ》のない路地裏に潜りこんだ。地面で血を流している羅生会の武闘派組員たちが、起き上がって追ってくる気配はない。

『力也、ヤクザだと？　いったい何があったんだ？　オヤジさんとオフクロさんはどうされた？』

『俺よりお前だ。高徳護国のお坊ちゃんがどうして羅生会のチンピラに狙われるんだ？　まず、そっちから話を聞こう。いや、聞かせてくれ』

『俺がいると高徳護国がふたつに割れる』

リキが口惜《くちお》しそうに漏らした一言で、高徳護国の門人だった力也は即座にすべてを理解したという。力也は決して頭の回転が悪いわけではない。

『義信、俺のアパートに来い』

ひょんなことから再会した力也に、リキは匿《かくま》われることになった。羅生会はリキを血眼《ちまなこ》になって探しているし、いつ高徳護国の関係者も現れるかわからない。リキは二度と高徳護国に戻る気はなかった。

『オヤジ、今世紀最強の男を紹介します。高徳護国義信、半端じゃねぇっス。こいつには眞鍋の男が全員でかかっても勝てません』

若頭の橘高や舎弟頭の安部《あべ》、高校生だった清和にも力也の計らいで紹介された。いざという時、眞鍋組の力を借りるためにだ。

『清和くん、こいつ、むちゃくちゃ頭がいいんだぜ。勉強でわからないことがあったらこいつに聞けよ』

嬉《うれ》しそうに紹介する力也の声は、今でもリキの耳に残っているという。

そうこうしているうちに、思いがけなく清和が眞鍋組組長の後継者になることに決まった。

『昨日の友は今日の敵、誰が敵か、誰が味方かわからない世界に清和は飛び込む。リキ、お前は清和の右腕となって助けてやってくれ』

橋高は心から信頼している力也の手を固く握った。十七歳という若さで極道の世界に飛び込む清和に、義父の橋高も複雑な思いを抱いていたのだろう。

『オヤジ、任せてください』

力也は橋高に力強い返事をした後、清和と視線を合わせた。

『リキさん、よろしくお願いします』

真摯《しんし》な目の清和が畳に手をついて頭を下げる。眞鍋組の跡目としての態度ではないので、力也は慌てて清和の顔を上げさせた。

『これからは呼び捨てにしてくれ。俺の命、清和くんに、いや、跡目にやるからな。何があろうとも俺の命も人生も跡目のものだ。安心して俺に背中を預けてくれ』

松本力也が清和の片腕として生きると宣言した瞬間、リキこと高徳護国義信はその日で見ていた。懐《ふところ》の深い橋高や実直な安部、真面目な清和や清々《すがすが》しいぐらい真っ直ぐなショウの存在が、ヤクザに対する悪いイメージを薄れさせていたという。

その頃、高徳護国流の相続争いは次男の失踪《しっそう》で落ち着くどころか、一触即発の危機に陥《おちい》っていた。高徳護国の当主は最悪の事態を回避させるために手を尽くしていたが、長男派と次男派はお互いにお互いを疑い、決して歩み寄ることはしない。

長男派の筆頭門人は、密かに次男の抹殺を企《くわだ》てていた。調査の末、次男が眞鍋組の力也のアパートに身を寄せていることも、羅生会に狙われていることも摑んだ。かくして、リキの素性を明かさずに、長男派の筆頭門人は羅生会に殺人を依頼する。

朝から降っていた雨が上がった頃のことだった。羅生会のヒットマンに気づいて、力也は大声で叫びながらリキの前に飛びだした。

『義信、危ないっ』

リキを狙っていた銃弾は、力也の心臓を撃ち抜いた。

二発目、三発目、四発目、五発目の銃弾もターゲットであるリキの盾となった力也の身体《からだ》に撃ちこまれる。

何が起こったのか、瞬時にリキは理解できなかった。剣道の申し子と謳《うた》われていても、銃弾相手ではなす術もない。

むせ返るような血の臭《にお》いで、リキはようやく我に返った。己を銃弾から守るように抱き締めている力也の瞳孔《どうこう》が開ききっていることにリキは気づく。

『……り、力也？』

呼びかけても、力也の返事はない。

『力也、力也、力也、頼むから返事をしてくれっ』

力也は立ったまま、絶命していた。

夢だと思ったが、夢ではない。

夢ではないが、夢だとしか思えない。

リキはなかなかその事実を受け入れることができずに、冷たくなった力也の身体とともに立ちつくしたという。

『羅生会、許さん』

すべてを知って、リキはたったひとりで羅生会に殴り込んだ。そして、木刀一本で羅生会総本部に詰めていた命知らずの組員たちをひとり残らず半殺しにした。海千山千《うみせんやません》の会長も幹部も容赦なく病院に叩き送った。あまりのリキの強さに羅生会の男たちは恐れをなし、会長は素人のリキに負けたことを恥じて、搬送先の病院で極道から引退、羅生会を解散させた。昔堅気の極道だっただけに、潔く負けを認めたのだろう。

自分を庇《かば》って死んだ力也に、リキの謝罪は届かない。嘆き悲しんでいる清和に詫びる言葉もない。

リキはもとより生きて帰る気など毛頭なく、死ぬ気で羅生会に殴り込んだが死ねなかった。ありていに言えば、リキは死にたくてたまらなかったのだ。

『すまない、俺は死んで詫びる』

リキは自ら命を断とうとしたが、鬼のような形相を浮かべた清和に止められた。

『義信さん、やめろ。リキが助けた命なんだから大切にしてくれ』

清和の迸《ほとばし》るような叫びを聞いて、リキはこの世に留まった。

『義信くん、そんなに自分を責めるな。俺はリキから高徳護国義信くんの話はよく聞いていたんだ。大親友の義信くんを守って死んだのだから、リキの死を無念だと思わないでくれ。俺もリキの死を無念だとは思わん。義信くんはリキの分も生き抜いてくれ』

亡き松本力也の父親代わりを自負していた橘高の言葉も、死を選ぼうとしていたリキの心に深く刻まれた。

リキにできることは、力也が命をかけて守ろうとしていた清和を守ることだけだ。

この時より、高徳護国義信は松本力也と名乗り、清和の影として寄り添うようになった。

無敵のリキの名前が一躍有名になったのは、腕一本で羅生会を解散に追い込んだからだ。警察沙汰《けいさつざた》にならなかったので、さらにその手腕は認められた。

リキからすべてを聞き終えた氷川の目は潤んでいた。清和は断腸の思いに耐えているらしく目を閉じたまま微動だにしない。

「姐さん、俺は松本力也の代わりに生きていくので精一杯です。それ以上のことはできません」

自分のすべての時間を清和のために使う、とリキは宣言している。どこか狂気じみている生真面目《きまじめ》さと不器用さに、氷川は感嘆の息を漏らした。

「なんて言ったらいいのかわからない」

氷川が自分の白い頬《はお》に手を添えると、リキは平然とした様子で返した。

「姐さん、何も言わないでください。正道のことも……」

「正道くん、自分でも報われないとわかっていると思う。でも、リキくんがひとりでいるから諦められないんじゃないかな。リキくんにそういう趣味がないのはわかってるけど、女性もフリまくっているでしょう？　結婚するとか、誰か特別な女性を作るとか、考えたら？」

リキには優しい女性と結婚して、笑い声の絶えない幸せな家庭を築いてほしい。温かい家庭に憧れている氷川は心の底からそう願ったが、肝心のリキは首を軽く左右に振った。

「俺を庇って死んだ松本力也は女が好きでした。あいつが死んで女を抱けないのに、俺が抱くわけにはいかない」

リキがどんな女性も拒み続けてきた理由に、氷川は顎《あご》を外しかけた。椅子から転げ落ちそうになったが、すんでのところで隣にいた清和に助けられる。

「……あ、あの、あのね？　松本力也くんはそんなこと気にしないと思うよ。リキくんにも幸せになってほしいって願っていると思う」

話を聞く限り、松本力也はそんな狭量な男ではないはずだ。傍《かたわ》らで聞いていた清和も、氷川と同じ意見らしく大きく頷いた。清和にしても修行僧のように己を戒めているリキに何かしら言ったことがあるのだろう。

「いえ……」

リキは頑《かたく》なまでに女性を拒み続ける。いや、幸福になることを拒絶しているような気がした。

「ううん、これだけは断言できる。初代の松本力也くんは草葉の陰で泣いているよ」

松本力也の死にリキは呪縛《じゅばく》されている。自責の念に囚《とら》われているリキは、自ら望んで呪縛されているのかもしれない。どちらにせよ、幸せを拒んだ男はその存在自体が切なくてたまらなかった。幸福になる権利は誰でも持っているものなのだから。

氷川に女性を勧められるのがいやなのか、リキはガラリと話題を変えた。

「姐さん、今日は仕事の帰りに、清水谷《しみずたに》の医学部に寄られる予定ですね」

氷川の予定はすべて眞鍋組に把握されている。

「うん、教授の召集がかかったら無視するわけにはいかないんだ」

「清水谷学園大学で剣道の試合が行われますが、俺の兄が高徳護国の次期当主として来ているはずです。兄が姐さんに近づいても無視してください」

武道が盛んな清水谷学園で剣道の試合がよく行われることは、氷川も知っていた。大学の敷地内には立派な道場がある。

「あの食わせ者のお兄さんか……」

氷川を見かけたら、リキの兄の晴信《はるのぶ》は必ず何か話しかけてくるだろう。爽《さわ》やかな晴信の面影を脳裏に浮かべた途端、氷川は楽しそうに頬を緩ませた。

「そんな嬉しそうな顔をしないでください」

いつでも鉄仮面を被《かぶ》っている男の顔が軽く引《ひ》き攣《つ》った。

リキと同じように、清和の凛々《りり》しく整った顔も歪《ゆが》んでいる。氷川ひとりでも手に余るのにクセのあるリキの兄貴までいたら、何が起こるかわからないからだ。下手をすると取り返しのつかない事態を招きかねない。そんな苦悩が清和の表情に表れていた。

以前、眞鍋が誇る昇《のぼ》り龍《りゅう》と虎《とら》は、高徳護国の次期当主に一杯食《く》わされている。

「だって、そうだろ？　僕はリキくんのお兄さんが嫌いじゃない。ゆっくり話もしてみたい気がするけど？」

氷川を説得するのは無理だと諦めたのか、リキは苦い笑いを浮かべた。

「今、兄は縁談から逃げている最中です。もし、兄に声をかけられたら結婚するように言っておいてください」

かつて己に刺客《しかく》が送り込まれた経緯を踏まえて、リキは高徳護国の動向には注意を払っているようだ。

「晴信くんが結婚、そうだよね、そういう歳だよね」

晴信はリキよりふたつ年上の二十七歳で、清々しい好青年だった。彼ならばいくらでも良縁が望めるだろう。幸福を拒んでいるリキの分も幸せな家庭を築いてほしい。

「高徳護国の次期当主がいつまでも独身でいるわけにはいきません」

重い名を背負う者にはそれ相応の義務がある。結婚は高徳護国宗家が必ず果たさなければならない義務のひとつだ。

「そうだね」

「正道も高徳護国流の高弟で、父である当主にとても気に入られています。何があっても、正道のことは無視してください」

「今日、正道くんも清水谷に来るの？」

「それはわかりません。ただ、関東一円の流派の関係者が揃《そろ》うと思いますので、その可能性は高いと思います。なんでも、清水谷学園の高等部に剣道界最強と呼ばれる剣士がいるそうです。負け知らずの剣士の試合を見るのが目的でしょう」

これといって表情も声音も変わらないが、剣道を語るリキはどこか楽しそうだ。純粋に剣の道が好きだったのだろう。氷川はリキに剣士の片鱗《へんりん》を垣間見る。

「最強の男はリキくんじゃなかったの？」

「自分は引退しました。最強の名の主は代わるものです」

歳が離れていることもあるが、リキは清水谷学園の高等部に在籍している負け知らずの剣士と、手合わせしたことは一度もないという。剣道界に新たな最強の男が出現して喜んでいることは明らかだ。

日頃、眞鍋組にも自分にとって代わる最強の男が欲しいと、リキは公言していた。ほかでもない、清和のためにだ。

「次の最強の男も高徳護国の人？」

「ほかの流派の門弟なので兄は悔しがっていると思います」

リキが高徳護国にいたならば、みすみす最強の名は渡さない。最強と呼ばれた弟を溺愛《できあい》していた晴信の口惜しさが、氷川にもひしひしと伝わってくる。

「そうだろうね……なんか、晴信くんが気の毒になってきた」

「同情する必要はありません。姐さんは優しすぎる」

リキが容赦なくぴしゃりと言うと、清和も大きく頷いた。年下の彼は恐ろしいぐらい真摯な目で氷川を見つめる。

「そうかな？」

氷川はひとしきり唸《うな》った後、立ち上がってテーブルの上を片づけた。身なりを整えていると、インターホンが鳴り響く。送迎係の卓《すぐる》だ。

「じゃ、清和くん、行ってくるね」

氷川は清和の頬にキスをしてから、玄関のドアに向かった。けれども、清和が後からついてくる。

「清和くん、どうしたの？」

「俺も送る」

清和は低い声ではっきりと言った。

「いいよ」

氷川は顔を痙攣《けいれん》させて清和の申し出を拒否した。

「いいよ」

「送る」

清和の後には影のようにリキもついてきた。眞鍋が誇る昇り龍と虎は有無を言わさぬ迫力を漂わせている。

「……この話があったんだよね。もういいチャンスかもしれない」

想定外の出来事に振り回されてそれどころではなかったが、氷川には打開しなければならない問題がある。自分に対するガードという名の見張りの軽減だ。

「先生？」

「車の中で、ゆっくり話そうか」

氷川は闘志を燃やして、清和の腕を摑んだ。

玄関のドアを開けると、地味な色のスーツに袖《そで》を通した卓が立っていた。

「おはようございます」

卓の爽やかな挨拶に、氷川も笑顔で応《こた》えた。

「卓くん、おはよう。スーツなんて着てどうしたの？　なんだか七五三みたい」

氷川がズバリと指摘すると、卓は天を仰いだ。

「姐さん、ひでぇ」

卓のスーツ姿を見慣れていないせいか、ひどく違和感がある。しなやかな若木のような卓には、本人が好んで身につけていたシャツとジーンズがよく似合う。

「卓くんにスーツは似合わない」

「俺もそう思いますけど、姐さんのガードにつくならスーツを着たほうがいいかと思って」

昨夜、服装が原因で氷川から目を離すことになってしまった。同じ失敗は二度はしないという意気込みを卓から感じる。

清和とリキは何も口にしないが、卓の態度にしごく満足しているようだ。

「ガードなんていいから」

「そんな恐ろしいこと言わないでください」

卓の額に汗が噴きでたので、氷川は肩を竦めた。

そのままエレベーターで地下の駐車場に下りる。氷川送迎用の黒塗りのベンツの前にはスーツ姿のショウが立っていた。

「おはようございます」

「ショ、ショウくん、どうしたの？　仮装パーティにでも出るの？」

淡い色のスーツを着ているショウに、氷川の目は釘付《くぎづ》けになった。似合わないなんてものではなく、滑稽《こっけい》すぎてなんと表現したらいいのかわからない。

「な、何が仮装パーティっスか、こんなに真面目なスーツを着ているのにっ」

ショウは顔を右手で覆いつつ、自棄《やけ》っぱちのように叫んだ。そばで聞いていた卓は手で口を押さえて噴きだすのを堪《こら》えている。清和とリキは無言でショウを見つめていた。ふたりとも氷川のガードのためにスーツを選んだショウを褒めたいようだができないらしい。

「ショウくんがスーツなんて着ているから、仮装パーティかと……ホストクラブのバイトでも始めるの？」

氷川は恐る恐るショウのスーツに手を伸ばした。素人の目から見ても仕立てがいいし、手触りも格別だ。

「姐さん、今日の俺のコンセプトは日曜日のリーマンです」

ショウが胸を張って答えたコンセプトに、氷川は口をあんぐり開けた。ぶっ、と卓は堪え切れずに噴きだしている。清和とリキはどちらともなく顔を見合わせると、何も言わずに視線を外した。眞鍋の昇り龍と虎はショウが提唱したコンセプトについて、語り合いたくもないらしい。

「ショウくん、そのコンセプトは絶対に違う」

氷川が自信を持って言うと、ショウは唇を尖らせた。

「そうっスか？　これ京介《きょうすけ》に借りたんです」

ショウもまた卓と同じように、昨夜のミスは二度と犯すまいと肝に銘じているようだ。

「京介くんのスーツを借りたのか」

京介の持ち物だと知れば氷川も納得する。淡い色合いで優美なデザインのソフトスーツは京介によく似合うに違いない。

「グッチだって、言ってましたけど」

「う……ショウくん、ショウくんが着ると悪いけどグッチに見えないし、なんかそういうスーツを着ているほうが不審人物に見える。どうしてだろう」

自分の目がおかしいのかと氷川は思ったが、隣にいる清和も無言で同意していた。卓はショウに背を向けて笑い続けている。

「そういや、京介もそんなことを言っていたな」

今朝、ショウは持ち主である京介にはなんの承諾も得ずに、クローゼットを開けてスーツを吟味した。ショウはショウなりに真剣にグッチのスーツを選んで着た。しかし、京介には鼻で笑われた。

「うん、京介くん、どうして止めてくれなかったんだろう」

氷川の言葉を聞くと、ショウは忌々しそうにその場でカウンターを繰りだした。標的はここにはいない京介だ。

「笑われてこい、ってほざきやがった」

京介らしい言動に、氷川は二の句が継げなかった。

「う……」

「日曜日のリーマン、は無理っスか?」

氷川が知る限り、ショウのようなサラリーマンはいない。ひとしきり唸ってから、新たなコンセプトを提案した。

「うん、せめて日曜日のチンピラとかヤンキーとか」

ショウは地団駄を踏みながら大声で言い放った。

「そんなの、そのままじゃねぇっスか」

ショウと氷川が顔を合わせて考え込むと、終始無言で会話を聞いていた清和が初めて口を挟んだ。

「時間はいいのか?」

もっともなことを指摘され、氷川は腕時計で時間を確かめると急いで黒塗りのベンツに乗り込む。氷川の右隣に清和が、左隣にリキが腰を下ろす。

ショウもそそくさと運転席に座り、卓も助手席に腰を下ろすとシートベルトを締めた。

「出します」

ショウは一声かけてから、氷川を乗せた車を発進させる。見本市のように高級車が並んでいる駐車場を出ると、柔らかな秋の朝陽に照らされた眞鍋組のシマを走った。

清和とリキは氷川を挟むように左右に座っている。ゆったりとしているので男が三人で並んでも窮屈ではないが、眞鍋の昇り龍と虎なので途方もなく重々しい。けれども、氷川は勝負とばかりにガードという名の見張りの改善を求めた。

「清和くん、僕のガードはもういいから」

氷川は右隣に座っている清和の膝《ひざ》を軽く叩きながら言った。

「そういうわけにはいかない」

覚悟していたのか、清和は平然とした様子で言葉を返した。

眞鍋第三ビルの駐車場に停《と》められていたフォードのマスタングとシボレーのカマロが、後方から走ってくる。信号で現れたポルシェの911の運転席に座っていたのは清和の舎弟の宇治《うじ》だ。黒い750ccのバイクも、氷川を乗せた黒塗りのベンツを守るように走っていた。今朝、何人ガードがついているのか、氷川にはわからない。

「病院の中にあんなにいらないよ。健康そうな若い子がたくさんいるのはおかしいから、いつか誰かがボロを出すと思う。せっかく新しい眞鍋組を作ろうとしているのに、こんなところで躓《つまず》いたらどうするの」

　氷川は合法的なビジネスを展開している眞鍋組のためにも、病院内でのガードを控えさせたかった。だが、清和は取りつく島もない。

「駄目だ」

　氷川は柳眉《りゅうび》を逆立てて、清和の膝をさらに激しく叩いた。

「僕の診察を指名するのはいい加減にしてほしい」

　こればかりは譲れないと氷川が勢い込むと、清和は車窓の外に広がる街を眺めて言った。

「……下の奴らが」

　眞鍋組の共同戦線に怯《ひる》んだりはしない。氷川は決死の形相で車内にいる清和の舎弟たちの名を羅列した。

「下の奴らって誰？　ここにはリキくんもショウくんも卓くんもいるよ」

「祐が……」

　清和が口にした男はおそらく眞鍋組で最も執念深い。祐を説得しないといけないということは、氷川にもなんとなくだがわかってはいた。

「祐くん？　祐くんも一緒にいる時じゃないと駄目か」

「…………」

「今日の帰り、総本部に立ち寄らせてね。祐くんにいるように伝えておいて」

今夜こそ決着をつけてやる、と氷川は心の中で力んだ。

氷川の決死の覚悟が清和に届いているのか、いないのか、それは定かではないが、清和は口を真一文字に結んでいる。どちらにせよ、氷川を総本部に立ち寄らせたくないことは確かだ。それは氷川には手に取るようにわかる。

「清和くん、わかっているでしょう？」

己の組長の劣勢を配慮してか、ショウはスピードを上げる。ビルが競うように林立する街を瞬く間に通り抜け、大型トラックが猛スピードで走っている車道に入った。

黙り込む清和に、氷川は苛立《いらだ》ちを隠せない。

「清和くんっ」

氷川が声を荒らげても、清和はまったく動じなかった。リキも憎たらしいほどの鉄仮面で口を閉じている。卓は車窓をずっと眺め、ショウはアクセルを踏み続けた。

「清和くん、可愛くないよっ」

氷川が目を据わらせて怒鳴ると、清和が昇り龍を背後に浮かび上がらせて睨んだ。

氷川の機嫌が最高によじれた頃、紅《あか》く染まりかけた木々の間に白い建物が見える。ショウはいつもの場所に車を停めた。

日曜日の病院は入院患者の見舞いが多いので、ジーンズ姿の若者が歩いていても平日ほどは目立たないかもしれない。

しかし、渡り廊下でショウと京介が肩を並べていたらいやでも目立つ。

氷川は無言で通り過ぎようと思ったが、シャネルのスーツを品よく着こなしている京介に声をかけられた。

「氷川先生、少しよろしいですか？」

人通りの少ない渡り廊下なので、立ち話をするにはいいかもしれない。それでも、氷川は医師としての対応をした。

「構いませんよ。どうされました？　……あれ？　京介くん？　どうしたの？」

京介の華やかに整った顔に殴打の跡があるので、氷川は話の途中で素に戻った。よく見ると手には絆創膏《ばんそうこう》やテープが貼《は》られている。

「俺のほかにもショウを居候《いそうろう》させている京介っていうホストがいるんでしょうか？　昨日、身に覚えのないことで、二メートルのプロレスラーに勝負を申しこまれました。白い手袋を投げられたのは初めてです」

京介は忌々《いまいま》しそうに横目でショウを睨んだ。

ショウは京介に背を向けると、口笛を吹きつつ、華奢《きゃしゃ》な氷川の背後に回った。安全地帯に避難したのだ。

氷川の瞼《まぶた》にショウに迫っていた日米ハーフのプロレスラーのイーサンが浮かぶ。昨日、イーサンは恋しいショウを得るために京介に戦いを挑んだようだ。

「イーサンにやられたの？」

氷川は京介の顔に残る無残な跡を指しながら尋ねた。

「はい」

もしかしたら、シャネルのスーツの下には死闘の跡が残っているのかもしれない。しかし、京介はそんな素振りを見せなかった。京介には京介の美学がある。

「イーサンは？」

氷川がイーサンの状態を尋ねると、京介は涼しそうな顔でなんでもないことのように言った。

「病院に行くほどではないと思いますが、彼の場合、身体《からだ》が商売道具ですから入院しているかもしれません」

京介の言葉でイーサンが重傷を負ったのだとわかる。ショウは氷川の陰に隠れて京介に向かって手をひらひらさせていた。

「京介くんが勝ったのか」

王者対決を制した京介は不敵に笑った。

「俺、素手の勝負で負けたことは一度もありません」

「凄い」

氷川はストレートな称賛を贈ったが、京介は華やかな美貌を歪ませた。

「何が凄いですか。俺はいい迷惑です。俺はいったいいつの間にこんな男のダーリンになったのでしょう」

憤慨している京介の視線の先には、言うまでもなく氷川の背後に隠れているショウがいた。ショウの恋人だと思いこんでいるイーサンに、京介は戸惑ったに違いない。

「イーサンが強引だったから、ショウくんも大変だったみたいで」

氷川がショウの肩を持つと、京介は鼻で笑い飛ばした。

「俺としてはイーサンにショウを引き取ってほしかったですね。イーサンならば生理がないので、ショウと上手くいくと思うのですが」

ショウは恋人ができて同棲《どうせい》しても、必ず逃げられてしまう。相手がどんな女性であっても、暮らした月日の長さはまちまちでも、いつも別れる時は決まっていた。すなわち、月経時だ。ショウはいろいろと問題のある自分の行動は思い切り棚に上げ、恋人に逃げられる理由にしている。

「京介くん、そう言わずに」

氷川は京介を宥《なだ》めるように肩を優しく叩いた。

「今朝、こいつは客から貰ったバカラの花瓶を割りました」

京介はテープを巻いた指でショウを差した。氷川にはバカラの花瓶の値段を聞く勇気がない。

「ごめんね、わざとじゃないし、ショウくんも反省しているから」

氷川はショウのために京介に詫びた。

「今朝、こいつはベッドで菓子パンを食った挙げ句、コーヒー牛乳を零しました」

かつて橘高に叩き込まれた行儀作法を、ショウはどこかにおいてきてしまったのかもしれない。

「ごめんね」

もう、うちの清和くんでもそんなことしないよ、と氷川は背後に隠れているショウに言った。この場に清和がいたら顔を引き攣らせていたかもしれない。

「今朝、こいつは俺が一番気に入っていたスーツに煙草《たばこ》の灰を落としました。穴が空きました」

今朝、ショウは京介を怒らせるようなことをさんざんしたらしい。そのわりにショウに殴打の跡がないので氷川は目を瞠《みは》った。

「京介くん、ごめんね……で、でも、許してくれたんだね？　ありがとう」

氷川が京介の手を優しくさすると、彼は苦笑を漏らした。

「昨日、大輝《だいき》がご迷惑をかけました。申し訳ありませんでした。後日、オーナーと大輝が改めて謝罪に参ります」

京介が頭を下げたので、氷川は面喰《めんく》らってしまった。

「……ああ、そんなことか、そんなのどうでもいいよ」

「いえ、そういうわけにはいきません」

京介は恐縮しているが、氷川は男にしては繊細な手を大きく振った。

「僕は大輝くんの気持ちがわかる。だから、大輝くんを責めないであげてほしい」

氷川は幸福を拒むリキは理解できないが、恋に血迷っている大輝の気持ちならばよくわかる。大輝が罰せられないことをひたすら願った。

「寛大なお心、ありがとうございます」

思い当たった氷川は、目を大きく見開いた。

「もしかして、大輝くんのことで来たの？」

「はい、姐《あね》さんを騙《だま》したと聞いた時には心臓が止まるかと思いました」

京介は己の心臓に手を当てて、大きく息を吐いた。

隣にいるショウも腕組みをしてコクコクと頷《うなず》いている。ショウはイーサンの件も大輝の罪ですべて水に流させる気だ。

「本当にそんなこと気にしないで。それよりショウくんの服に気を使ってあげてほしい」

氷川が似合わないスーツを着ているショウを示すと、京介はニヤリと笑った。

「ショウには気の配りようがないんで」

「京介くん、そんなことを言わずに」

氷川は京介の手をぎゅっと握った。何かもう京介の手を握らずにはいられないのだ。

「ここまで似合わないのもひとつの芸ですね」

京介は氷川の手を握り返すと、ショウを横目で眺めた。あまりの言いように自棄《やけ》になったのか、ショウはその場でファッションモデルのようにキザなポーズを取った。グッチのモデルならばそれだけで絵になっただろう。

ミスマッチなショウの姿を見るだけで、京介の口元は緩む。場所が場所だけに、氷川は笑ってはいられない。

「不審人物と間違えられそうだよ」

氷川が真剣な顔でもっともな懸念を口にすると、京介は楽しそうに微笑《ほほえ》んだ。

「眞鍋組の鉄砲玉は正真正銘の不審人物だと思いますけど？」

氷川が言葉に詰まると、ショウが唇を尖らせた。

「俺、もう二度とグッチのスーツは着ない」

ふてくされているショウに、京介は満面の笑みを浮かべて言い返した。

「グッチのスーツが悪いんじゃない。お前が悪いんだ」

「俺のどこが悪い？」

ショウは苛立ちで下肢をガクガクさせながら、京介に挑むように尋ねた。

「全部」

京介はショウの鼻先に人差し指を向けた後、頭も軽く突いた。

「なんだよ、元はお前が悪いんだろ？　大輝をちゃんと躾《しつ》けておかないから」

どうしてこのような言い合いが始まったのか氷川にはいまひとつわからないが、お互いを知り尽くしているショウと京介は容赦がないし子供っぽい。

「言っとくけど、大輝はホストとしては一流だぜ？　けど、プライベートまでは面倒を見られない。第一、あいつはジュリアスが誇る№2だ。いつ俺に取って代わるかもしれない逸材だぜ」

大輝の売り上げは№1の京介には遠く及ばないものの、いつひっくり返るかわからない世界だ。それこそ、今月末の最終レースで大輝と京介の順位は入れ替わるかもしれない。

「あんなのに№1を取られたら京介も終わりだ。ホストなんて引退しろ」

「ホストを引退してもヤクザになる気はない。組長にちゃんと言っておいてくれ」

眞鍋組の勧誘に辟易《へきえき》している京介は、ここぞとばかりに言い放った。

「いい加減に、眞鍋に来いよ」

「冗談じゃない」

「竜仁会《りゅうじんかい》の若頭にも声をかけられているんだろう？　お前、まさか竜仁会の杯《さかずき》を貰う気じゃねぇだろうな」

ショウに悪い予感が走ったのか、京介の襟首を摑んだ。

京介はまったく動じず、風か何かのように流している。いきり立っているショウの手をどけようともしない。

氷川がショウの背中を叩いて、京介の襟首から手を離させる。こんなところで殴り合わせるわけにはいかない。

京介は乱れた襟を直すと、真正面からショウを見つめた。

「だから、よく聞け。痛くもない腹を探られたくないから先に言っておくけど、竜仁会だけじゃなくて尾崎《おざき》組や世良田会《せらだかい》からもスカウトがやってくる。昨日は東月会《とうげつかい》の若頭が来た。けど、ヤクザになる気はない」

ショウは京介の言葉に安心するどころか、暴力団名を聞いて血相を変えた。

「お前、竜仁会に尾崎組に世良田会だと？　おまけに、東月会？」

京介を欲しがっているのは、関東だけでなく日本全域に勇名を轟《とどろ》かせている屈指の暴力団ばかりだ。これからが勝負の眞鍋組とは比べるまでもないため、ショウが顔色を変えるのも無理はない。もっとも、金で力が量られるようになった今、暴力団の力関係は一概には判断できないようになった。資金力だけならば眞鍋組はほかの暴力団に勝るとも劣らないはずだ。何より、眞鍋についている日本有数の名取《なとり》グループ会長の力は絶大である。

「ああ、眞鍋より大きいところばかりだな。でも、俺はどこにも行かねぇから」

「どんな汚《きたね》ぇ手を使ってくるか、わからねぇぜ」

暴力団の裏の手を知っているからか、ショウの顔から血の気が失せた。不安を振り切るように足を踏みならす。

「俺がそんなヘマするかよ。お前が足を引っ張らなければな」

高飛車《たかびしゃ》な京介の態度に、ショウの顔が派手に痙攣《けいれん》した。

「おい……」

ショウが京介に殴りかかろうとしたので、氷川が大声で止めた。

「ショウくん、駄目っ」

鉄砲玉にも理性が残っていたのか、氷川の声でショウは振り上げた腕を下ろす。憮然とした面持ちで氷川に言った。

「姐さん、だって、こいつ……」

「もう、くだらないことでケンカしないの、それもこんなところで……」

氷川はショウの肩を宥めるように叩いた後、柔らかな微笑を浮かべている京介に視線を流した。

「京介くん、ヤクザになる気がないっていうのはわかってる。僕も君にヤクザは勧めない。でも、もし、ヤクザになるのなら眞鍋組に来てね。清和くんを助けてあげて」

氷川は京介に対する正直な気持ちをストレートに告げた。

「姐さんには逆らえません。ヤクザになる日はまかり間違ってもないでしょうが、もしヤクザになるのならば姐さんの舎弟になります」

京介が姫君に仕える騎士のような仕草をしたので、氷川は軽く笑った。ショウも満足したようだ。

氷川はふたりを交互に眺めると、静かに言った。

「ふたりとも悪目立ちするからこのまま帰ってほしい」

自覚はあるらしく、ショウも京介も神妙な顔つきで頷いた。

「ケンカしないでね」

氷川の別れの挨拶に、ショウと京介は苦い笑いを浮かべると肩を抱き合った。良好な関係を氷川にアピールしようとしているらしい。

氷川は噴きだしそうになったが、手で口を押さえて堪えた。ふたりとも氷川にとっては可愛くてたまらない青年たちだ。

6

茜色《あかねいろ》に染まった景色の中を、氷川《ひかわ》を乗せた黒塗りのベンツが走り抜ける。運転席でハンドルを握っているのはショウで、助手席には卓《すぐる》が座っていた。後部座席にはヘアサロン帰りだという祐《たすく》がいる。

「姐《あね》さんが俺と話をしたいとお聞きしたので参上しました」

今夜、こうして来なければ、氷川に総本部に乗り込まれかねないと判断したに違いない。氷川を説き伏せる自信があるのか、先手を打った祐は見事だった。

「僕、清和《せいわ》くんやリキくんが一緒にいるところで会いたかったんだけどね」

予想外の事態に、氷川は唇を噛《か》み締《し》めた。

「むさ苦しいのは置いておきましょう」

祐はどこかの有閑マダムのように口元に手を当てて微笑《ほほえ》んだ。わざとらしい仕草だが、祐がするとやけに似合う。

「むさ苦しい、って……」

「ああ、姐さんのダーリンをむさ苦しいなんて言って申し訳ない。たまに、あのデカさが鬱陶《うっとう》しくなる時がありまして」

祐が氷川を煙《けむ》に巻こうとしているのは明らかだった。氷川は必勝の鉢巻きを額に締め、狐《きつね》より狡猾《こうかつ》な祐に立ち向かう。

「僕も今、眞鍋《まなべ》組のガードが鬱陶しくってたまらない」

朝と同じ眞鍋組の車とバイクが、氷川を乗せた黒塗りのベンツの前後左右を固めている。

「それはもうお許しください。清水谷《しみずたに》もいろいろと物騒じゃないですか。我らが姐さんがいつ巻き込まれるかとひやひやしています」

清水谷学園大学の医局員が、派遣された病院の劇薬を横流しして社会問題になっていた。ひとつの事件が公になると、次から次へと芋づる式に発覚する。清水谷学園大学の医学部は想定外の事件と醜聞に混乱していた。

「僕は薬の横流しなんかしない」

医師という仕事に誇りを持っている氷川は、思い切り目を吊《つ》り上《あ》げた。

「姐さんはそのようなことを決してなさらないでしょう。けれども、不届きな輩《やから》が姐さんを陥《おとし》れようとして何かするかもしれませんから」

充分ありえることを指摘されたが、氷川はあえてそれについては何も言わなかった。しかし、今の時点で職を追われるような事態に陥ったら、祐の仕掛けであるような気がしてならない。祐は氷川を籠《かご》の鳥にしたくてたまらないからだ。

「もし、僕に何かあったら犯人は祐くんかな」

　祐は心外だとばかりに、悲しそうな表情を浮かべた。

「なんてことを仰るんですか。清水谷は女子トイレの盗撮騒ぎまであったようですし、心配でなりません。姐さん、トイレに入る時は注意してくださいよ。この分だと男子トイレも危ないかもしれません」

　伝統を誇る清水谷学園大学の相次ぐ不祥事には、卒業生である氷川も参っていた。学部は違うが、祐も清水谷学園大学を卒業している。

「祐くんの母校もいろいろとあるね」

「姐さんの母校ですよ」

「清水谷の話はいい。祐くん、とにかく、院内での僕の見張りはもういらないから」

　祐と母校について話し合いたいわけではない。氷川は祐の膝《ひざ》を叩《たた》くと、話を元に戻そうとした。

「絶対に駄目です」

　祐にしては珍しく回りくどい言い方はせずに、簡潔に言い切った。

「絶対に駄目、じゃないでしょう」

　祐と氷川の仁義なき口の戦いが延々繰り広げられたが、決着がつかないまま目的地に到着する。

日曜日の清水谷学園大学は講義がないので平日に比べると閑散としているが、敷地内の道場で剣道の試合があるせいか駐車場に停《と》められている車はいつもより多かった。剣道の関係者か、やたらと体格のいい男子学生の集団も目につく。彼らが話題にしているのは、負け知らずの清水谷学園高等部の剣士だ。

「姐さん、用が終わりましたら寄り道せずに真《ま》っ直《す》ぐ帰ってきてください」

祐の優しい笑顔に見送られて、氷川は苛立《いらだ》ちを抑えながら医学部に向かった。

どうすれば祐を説得できるのか、氷川は懸命に頭を働かせる。教授と向き合っている時も祐の攻略法を考えていた。

本来の目的を終え、氷川は教授室を後にする。歴史を感じさせる医学部の校舎を出ると、黄昏色《たそがれいろ》の景色の中に見覚えのある男たちを見つけた。リキの兄の晴信《はるのぶ》と、リキに想いを寄せるキャリアの正道《まさみち》だ。接することを禁じられている人物がふたり並んでいるので、氷川はさすがに躊躇《ためら》ってしまう。ふたりはどこかで氷川の情報を摑《つか》んで、待ち構えていたのに違いない。

「先生、ご無沙汰《ぶさた》しております。いつぞやはお世話になりました」

晴信が親しそうな笑顔を浮かべて声をかけてきたので、氷川もにっこりと微笑んで言葉を返した。

「晴信くん、お元気そうで何よりです」

高徳護国宗家《たかとくごこくそうけ》の次期当主としての出で立《いでた》ちなのか、着物姿の晴信には年齢以上の落ち着きと貫禄《かんろく》があった。居並ぶ雄々しい剣士たちを従えるに相応《ふさわ》しい堂々とした偉丈夫だ。

「先生の大事な方は元気ですか？」

清和のことを聞かれたら、氷川は晴信が知りたがっているリキについて答えないわけにはいかない。

「元気です。晴信くんの大事な方も元気ですよ」

「元気でいてもらわないと困ります。俺もそろそろ危ないですから」

晴信は苦しそうに顔を歪《ゆが》めながら胸を押さえたが、どこか芝居がかっている。氷川は馬鹿馬鹿《ばかばか》しくて軽く手を振った。

「何を言っているんですか」

晴信は胸を押さえたまま首をゆっくり振ると、苦しそうに切々と語り始めた。

「今日、清水谷の道場で試合があったんですよ。出場する剣士は中学生から大学生まで、これからの世代を担う若き剣士たちです。負け知らずの強い剣士が大和明智《やまとあけち》という流派にいましてね。我が高徳護国流は総崩れのボロ負けで、俺は観戦中に倒れるかと思いました。弟に復活してもらわないと高徳護国の未来がない」

今朝、リキから聞いた最強の剣士の話を思いだす。どうやら、彼の独壇場になったらしい。リキの予想通り、最強の名を大和明智流の剣士に取られた晴信は悔しそうだ。

「まだ諦《あきら》めていなかったんですか」

氷川は驚愕《きょうがく》のあまり目を大きく見開いたが、晴信は苦笑いを漏らした。

「義信《よしのぶ》は弟です。諦めるはずがないでしょう」

「なら、どうして連れて帰ろうとしなかったのですか？」

晴信が必死になって行方を捜していたリキと再会した時、氷川が戸惑うぐらいあっさりと身を引いた。晴信はヤクザとなったリキを認めたような気配すらあったのだ。

「弟の性格をいやというほど知っているからです」

あの時、力ずくでリキを連れて帰ろうとしても無駄だということを、晴信はよくわかっていた。何よりも大事な弟ゆえ、涙をこらえて置いて帰ったのだ。以来、密かに遠くから見守っている。

「不思議ですね、兄弟って……」

氷川が感嘆の息を吐くと、晴信も軽く微笑んだ。

「そうかもしれません」

「今でも誰よりも弟さんが大事ですか？」

「弟は俺のために生まれてきた子ですよ？　当然でしょう」

晴信とリキは生母が違う異母兄弟だ。晴信の生母は最期《さいご》の力を振り絞って、己が見込んだリキの生母に後を託した。晴信のために弟を産んでくれ、とリキの生母に頼んだという。晴信を助けられる頼もしい弟がいい、とまで当時独身だったリキの生母に注文をつけたそうだ。晴信の生母の願い通り、リキは最高に頼もしい男に育った。

リキを語る晴信には兄としての揺るぎない愛が詰まっていて、聞いている氷川も温かな気持ちになる。そこで氷川は、リキに告げられたことを口にした。

「弟さんから言伝です。早く結婚して家庭を持つように、と。僕も弟さんと同じ意見です。一日も早く結婚して温かい家庭を築《また》いてください」

リキは二度と高徳護国の敷居を跨がないだろう。晴信のためにもリキより大事な存在ができることを、氷川は心の底から願った。結婚して子供ができて父親になったら、晴信はまた変わるかもしれない。

「この俺になんてことを……」

弟の心は兄に届かないのか、晴信はわざとらしい動作でこめかみを押さえた。

「当然だと思いますけど？」

「俺に結婚は無理です」

「結婚から逃げているってお聞きしましたけど、晴信さんのためにも、一日も早く結婚したほうがいいです。それより、こんなところにいていいんですか？　試合は終わったのですか？」

　氷川は視界の端に眞鍋組の構成員たちを見つけた。木々の下にあるベンチでは、ジーンズ姿の吾郎《ごろう》や信司《しんじ》が大学生のふりをしてこちらを窺《うかが》っている。掲示板の前に佇《たたず》んでいる卓《すぐる》は、似合わないスーツからいつものジーンズに着替えていた。どうしたってヤンキーの匂いが消えないショウはいない。正しい判断だ。

「試合はもう終わっています。ボロ負けのショックで何も喉を通らないので、メシは遠慮しました。姐さん、聞いてください」

　真正面に立たれた晴信に肩をがしっと摑まれて、氷川は瞬きを繰り返しつつ頷く。晴信は一息ついてから、怒濤《どとう》の勢いで語り始めた。

「弟がいた時代は高徳護国の天下だったんですよ。弟だけじゃなくここにいる正道もこんな顔してるけどべらぼうに強かったし、松本力也《まつもとりきや》も半端じゃなく強かったし度胸もよかった。ほかにもできる奴が腐るぐらい転がっていたのに、もう、今は情けない限りです。いつの間にうちはあんなに弱くなったんだ。根性を叩《たた》き直《なお》すっていうより、叩き直す根性もないかもしれない。まったくもって、強い剣士を見てビビるとは何事か、情けない。弟の時代、どんなに強い剣士が現れてもビビる奴なんかひとりもいなかったというのに」

　晴信はこの世の終わりのような表情をしているが、どこからどう見ても芝居だ。しかし、それだけ悔しかったことは想像に難《かた》くない。晴信もまた剣道を愛し、高徳護国を誇りとしているからだ。

晴信の口から出たべらぼうに強かったという正道は、夕焼けの中に悠然と立っていた。

「晴信くん、ここで僕を待っていたんですか？」

氷川が予想していたことを尋ねると、晴信は素直に認めた。

「はい、先生にお会いしたくて」

「僕に会ってもどうしようもないと思いますけど」

氷川が話を切り上げて帰ろうとした時、数人の着物姿の老人たちが晴信を目がけてやってきた。どうやら、高徳護国の門人らしい。

真っ白な髭《ひげ》を生やしている老人が、晴信の前に立った。

「晴信殿、このようなところにおられたのか。ささ、参りますぞ。向こうで晴信殿の嫁御《よめご》が待っていなさる」

晴信は結婚話を勧められるのがいやで、試合後の会食を逃げていたようだ。氷川は目を輝かせたが、晴信は煩《うるさ》そうに拒絶した。

「生涯、俺は結婚しない」

「高徳護国のご当主にそれは許されぬ」

白い髭の老人はしゃがれた声で抑えつけるように言った。晴信の父を教育したという高徳護国流の教本のような老人だ。すなわち、晴信も滅多なことでは頭が上がらない。しかし、晴信は抵抗した。

「実は役に立たないんだ。俺は女を孕《はら》ませることができない」

晴信がなんでもないことのように言い放ったので、瞬時に理解できなかったのは氷川だけでない。晴信を諭そうとしていた白い髭の老人も、口をポカンと開けたまま固まった。

「……へっ？」

「俺はオフクロやオヤジにも言いましたよ？　お恥ずかしいことですが俺は男性機能が役に立たない。不能です」

晴信は茜色に染まった空を見上げながら、恥ずかしそうに言った。氷川は呆然《ぼうぜん》としたままだが、白い髭の老人も硬直していて指一本動かさない。ほかの往年の剣士たちも一様に魂を抜かれたような顔をしている。

「義信がどこかで子供を作っているかもしれません。あいつに限って不能なんてことはないでしょうからね。義信の子供を俺の養子にします。これで納得してくれますね？　セックスレスは今や離婚の正当な原因になります。セックスレスで妻に離婚されるなど、高徳護国の名にかけてしたくありません」

高徳護国の大争乱の元になりかねない弟の名を晴信が口にした瞬間、白い髭の老人は呪《じゅ》縛《ばく》から解放される。かっ、と目を見開いた。

「晴信殿、あちらに……」

白い髭の老人は花嫁候補が待っているという建物を年輪が刻まれた手で差したが、晴信は視線を向けようともしなかった。

「これ以上インポだって知られるのは恥ずかしいから勘弁してください」

晴信は白い髭の老人から逃げようとしてクルリと背を向けた。けれども、腕をむんずと摑まれてしまう。

「この爺《じい》にすべてお任せあれ」

白い髭の老人の背後には闘神が浮かび上がったが、晴信は真剣な顔で自分の股間《こかん》を指で差して堂々と言った。

「インポだ、インポ、わかるな？　ピクリとも動かないんだ」

「晴信殿、勝とうと思うから勝てぬのじゃ。勝負は無心ですぞ」

喝、と白い髭の老人は杖《つえ》を持った腕を振り上げた。闘神を背後に従えた老人は、あくまで本気である。

「いや、だからさ、剣道の試合じゃないだろう。剣道の試合は勃《た》たなくてもできるが、子供は勃たないとできない」

「いざ、尋常に勝負をいたせ」

白い髭の老人が杖で差した先は花嫁候補が待っている建物だ。それが合図になったのか、周りにいた老人たちは晴信の腕を左右から掴む。逃げだないように、晴信の背後にも往年の剣士が回った。

「おい……」

晴信は高徳護国の門人たちに引《ひ》き摺《ず》られるようにして去っていった。さすがの晴信も老人たちのパワーには勝てないらしい。

氷川は誰に言うでもなくポツリと零した。

「いくら結婚したくないからってあんな嘘《うそ》を……」

晴信の男性機能に問題があるとは、どうしたって考えられない。なんて理由で逃げるんだ、と氷川は呆《あき》れ果《は》てた。

「晴信さんらしいですね」

リキこと義信だけでなく晴信のこともよく知っているのか、正道は軽く微笑んだ。今日はメガネをかけているので、昨日よりも冷たそうに見える。まさに、一分《いちぶ》の隙《すき》もないエリートだ。

「晴信くん、本当にリキくんを諦めていなかったんだね」

晴信は必死になってリキが戻る場所を残そうとしている。リキが知ったら頭を抱えるに違いない。

「晴信さんも仰っていましたが、兄と弟ですから、諦めるとか、諦められないとか、そう

いうことではないと思いますよ」

「僕には兄弟がいないからわからない」

弟のように可愛《かわい》かった小さな清和に、氷川は妻として扱われている。もう、ただの兄と弟のような関係には戻れない。

「その後、氷川家の義弟さんとは何も？」

雪の降りしきる日に施設の前に捨てられていた氷川は、子供のいない氷川夫妻に引き取られた。だが、諦めていた子供が氷川夫妻に誕生したので、施設育ちの氷川は無用の存在となった。よくある話だ。望まれて生まれ、愛されて育った義弟を羨《うらや》ましくないと言えば嘘になるが、不幸を願ったことは一度もない。

「全部、ご存じですか？」

正道はどこまで摑んでいるのか、氷川の質問には答えなかった。

「眞鍋の組長とのことが周囲に知れたら困りますね」

「覚悟はしているけれどもバレたくはない。絶対に理解してくれないだろうから」

己の保身というより、氷川は清和とのことを罵倒《ばとう》されるのが辛い。清和のそばにいるだけで幸せだし、眞鍋組が祝福してくれているのでなおさらだ。

氷川の複雑な心情はいちいち説明しなくても、正道には通じているらしい。彼もまたヤクザと正反対の立場でありながらリキを愛しているからだ。医者の氷川より危険な立場だろう。

「眞鍋との関係を周囲に知られたくないのならば、清水谷に来る時は注意されたほうがいい。清水谷には剣道の関係者が多い。中でも高徳護国流の警察官は要注意です」

「それはリキくんにも言われた」

「今日、義信に何か言われたのではないのですか？」

正道に探るような目で見つめられ、氷川は言《い》い淀《よど》んでしまった。

「……ん」

「私に関《かか》わるな、と注意されたのではないですか？」

リキがどのようなことを言うのか、正道はわかっているらしく、ズバリと言い当てた。

「リキくんは正道くんのことを心配しているんだよ。不幸にしたくないんだ」

ちらちらとこちらを窺っている眞鍋組の構成員たちに、正道は視線を流した。学生のような外見の清和の舎弟たちは、しっくりと風景に馴《な》染《じ》んでいるので違和感はない。

「先生の護衛ですね」

先ほど見た時より、学生風の構成員がふたり増えている。どうしたらいいのか、眞鍋組の構成員たちは思いあぐねているようだ。

「うん」

「古参の組員はともかく、眞鍋にはヤクザに見えないヤクザが多い。その点、義信はヤクザに見えますね」

　正道は眞鍋組についてよく知っていた。

「うん、リキくんは迫力があるからね」

　正道は傍《かたわ》らを通り過ぎようとしていた数人の私服警官たちに声をかけた。彼らは剣道の試合を観戦しに来た大和明智流の門弟たちで、清水谷学園大学の卒業生である。正道が何者であるか、ちゃんと知っていた。

「あちらにいる青年たち、一見、学生にも見えますが目つきと雰囲気は学生ではありません。剣道を嗜《たしな》んでいるようにも思えません。怪しくありませんか？」

　正道の視線の先には大学生に扮《ふん》した眞鍋組の構成員たちがいた。

　清水谷学園大学の医局員がしでかした事件や、女子トイレの盗撮騒ぎで、関係者は神経を尖らせている。正道の言葉で私服警官たちは眞鍋組の構成員たちに近づいていく。

「正道くん、ひどい」

　氷川が非難の目を向けると、正道は氷のような冷たい微笑を浮かべた。

「先生、私とデートしましょう」

　思いがけないことを正道から言われて、氷川は目を丸くして聞き返した。

「デート？」

　そもそもインテリムードの漂う正道に、デートという言葉は滑稽《こっけい》なぐらい似合わない。

「私の一存で彼らはどうとでもなりますよ」

私服警官に尋問されている清和の舎弟たちはあくまで学生を装っているようだが、正道の一言でどうなるかわからない。それこそ、重要参考人として警察に連行される可能性もある。

氷川は正道の上着の袖口を摑んだまま睨みつけた。

「正道くん、職権濫用は駄目だよ。そんなことをしたら、僕はここで正道くんに痴漢されたって騒ぐよ」

氷川が捨て身の脅迫をすると、正道は楽しそうに口元を緩めた。

「ヤクザの情婦とキャリアの私、どちらが信用されるでしょう?」

正道の言う通り、氷川はヤクザの情婦だが侮蔑《ぶべつ》される謂《い》われはない。まして今、ふたりが立っている場所は氷川の母校だ。氷川は挑むような視線を正道に向けた。

「ヤクザの情婦の僕が信用されると思う。正道くん、せっかくのエリートコースをこんなことで棒に振っちゃ駄目だよ」

氷川が強引に言い張ると、正道は意表を突かれたらしく目を瞠《みは》った。

「組長と義信を振り回しているだけはありますね」

氷川には清和やリキを振り回しているという自覚はない。心配をさせてしまったという反省は何度かしているけれども。

「身に覚えがないけど？」

「先生、行きましょうか」

正道に肩を優しく抱かれて、氷川はゆっくりと歩きだした。私服警官に尋問されている清和の舎弟たちは一様に青褪《あおざ》めている。

心配しなくてもいいからね、というメッセージのつもりで、氷川は清和の舎弟たちに優しく微笑んだ。

そんなことぐらいで、清和の舎弟たちは安心したりはしない。むしろ、より不安になるだろう。

「眞鍋の若い衆はおとなしい」

眞鍋組の構成員たちがなりふり構わず摑みかかってくると予想していたのか、正道は馬鹿にしたように口元を緩めた。

「新しい眞鍋の教育が行き届いているんです。うちの二代目をマフィアみたいなヤクザと一緒にしないでください」

氷川は眞鍋の二代目姐として、堂々と胸を張った。こんなところで騒動を起こしては元も子もないのだ。清和の舎弟たちが取った態度は正しい。

「先生、失礼しました」

「もしかして、うちの若い子に問題を起こさせたいんですか？」

そんなことはないと思っても、氷川は尋ねずにはいられなかった。

「私も同輩の仕事を増やすようなことは控えたい」

正道の言い回しに、氷川は溜め息をついた。

「もう……」

「先生、こちらです」

氷川は駐車場に停められていた正道の車に乗り込んだ。あっという間に、氷川を乗せた車は伝統と風格を漂わせている清水谷の門を潜り抜けた。

正道に危機感を抱いていないので氷川はのんびりしているが、清和の舎弟たちのことは心配だった。

「先生に手を出したら義信はどう出るでしょう」

リキに対する自分の想いが通じないとわかっているので、正道は諦めようと懸命になっているのだ。そのことは氷川も気づいている。

「リキくんを諦めたいの？」

氷川の確かめるような問いかけに、正道は哀惜《あいせき》を含んだ微笑を浮かべた。

「諦めないといけないんでしょうね」

諦めなければならないのに、正道はリキを諦められない。忘れようとしても、忘れられないのだ。正道の苦悩は計り知れない。

「押しかけ女房って知ってる？　もういっそのこと、押しかけてみたら？」

実るとは思えないが、今の状態が辛いのならば打開するためにも思い切った手を打ったほうがいい。氷川は前向きというより玉砕覚悟の手段を提案した。

「今までに何度も眞鍋第三ビルに行きました」

リキはいつでも対応できるように、清和と氷川が暮らしている眞鍋第三ビルで寝泊まりしている。もしくは、総本部に詰めている。彼には荷物らしい荷物はほとんどない。

「リキくんは会ってくれた？」

「警察手帳を見せたら入れないわけにはいきませんからね」

正道がリキに会った手段を聞いて、氷川は惚けてしまった。

「警察手帳……」

確かに、正道には国家権力という巨大なバックがついている。警察手帳の前にはいかな鬼神でもなす術はない。

「Ｄｒ．氷川が薬品の横流しをしたら、義信はどうするのでしょうか」

正道ならば氷川を犯罪者に仕立てることもできるだろう。だが、自尊心が強く正義感も強い正道が、犯罪に手を染めるとは到底思えない。氷川は楽しそうに笑い飛ばした。

「リキくんは僕が医者を辞めたら喜ぶと思う。それに君はそんなことをするような人じゃないでしょう」

ハンドルを左に切りながら、正道は冷酷そうに口元を緩めた。

「随分、私を買い被《かかぶ》ってくださっているようですね」

いざとなれば私も何をするかわかりませんよ、みくびらないでくださいね、という正道の無言の脅しに気づき、氷川は手をひらひらとさせた。

「リキくんやあの松本力也くんと仲がよかったんでしょう。それだけで正道くんがどういう人かなんとなくわかるよ。君は小汚いことは絶対にしない」

氷川が自信を持って言い切ると、正道は照れ臭そうに微笑んだ。

「姐さんとして義信が奉《たてまつ》っているわけがわかります」

いつしか、何台もの眞鍋組の車が後ろから追ってきている。ショウだと思われる黒い大型バイクも出現したが、正道は余裕の顔でハンドルを握っている。

「正道くん、デートってドライブ？」

「煩《うるさ》いハエが現れましたから、ドライブは無理ですね」

正道は意味深な笑みを浮かべるとアクセルを踏んだ。

「僕の居場所は全部、眞鍋組に筒抜けだと思う。まこうとしても無理だよ」

眞鍋組が細工をした靴や腕時計を身につけているので、氷川の居場所を眞鍋組は把握している。携帯電話も電源は切っているが持っていた。

「承知しております」

「……あれ？」

進行方向に停車しているパトカーや白バイが見えたので、氷川は目を大きく見開いた。

「検問です」

「検問……」

正道はわざと検問がある場所を選んで走ったのに違いない。氷川は追ってきている眞鍋組の関係者を案じた。

正道が検問で警察手帳を見せると、若い警官はその場で敬礼した。

「お疲れ様です」

「どこがどうとは言えないが、後ろにいる高級車は何か怪しい。気のせいならばいいのだが……」

正道が真剣な顔つきで言うと、使命感に燃えている若い警官は再び敬礼をした。

「わかりました」

何かを感じ取ったのか、眞鍋組の車もショウのバイクも消えていた。氷川はほっと胸を撫《な》で下《お》ろす。

「何も疾《やま》しいことをしていなければ、堂々と通ればいいと思うのですが」

いつの間にか消えた眞鍋組の関係者たちを、正道は喉の奥で笑っている。思わず、氷川は正道の肩を叩いてしまった。

「正道くんが何かするって気づいたんでしょう。もう、どうしてそんな意地悪を……って、リキくんを困らせたいのか……っと、それは違うね。諦めるためにどうすればいいのか悩んでいるんだ」

正道が無意味な真似をするとは思えない。冷たく整った顔に感情は表れていないが、リキに対する葛藤《かっとう》で苦しんでいる。

「どうすればいいのでしょう」

「正道くん、リキくんを諦めるため……誰か特別な人をつくろう、っていうのは無理だったんだよね？　でも、誰でもいいから付き合ってみるのもひとつの手だと思う。次は三日以上、頑張ってみようよ。君ならきっと素敵な人が現れる」

清和が目の前からいなくなってしまっても、氷川には彼以外、考えられない。同じように、リキしか見えない正道には無理だと思っても、氷川は新しい恋を提案するしかなかった。

「誰にも興味が持てないのです」

義信以外にプライベートの時間を割く暇はありません、と静かに続けた正道には根本的に何かが欠けているとしか思えない。恋をゲームとして割り切って遊ぶ現代の若者と、同じ人種ではないような気までしてきた。

「でも、このままだとずっと苦しいと思う」

「いっそのこと死んでくれればいいのに」

死んでくれたら諦められるのに、と呟いた正道は本気だった。思い詰めている男が最後に選ぶ取り返しのつかない悲しい幕引きだ。

「正道くん……いくらなんでも」

氷川が背筋を凍らせると、正道は自嘲《じちょうてき》的な笑みを浮かべた。

「今のあいつは高徳護国の誉《ほま》れ高《たか》き鬼神ではなく社会のクズですから」

暴力団の構成員を社会のクズと吐き捨てる正道に、躊躇《ためら》いはまったくなかった。どうやら、暴力団に並々ならぬ嫌悪感を抱いているらしい。職業柄というだけではないだろう。

「殺さないで」

それ以外、氷川には言うべき言葉が見つからない。社会のクズという蔑称《べっしょう》にも反論することができなかった。

「私が殺さなくてもほかの誰かに殺されそうですけどね？　二代目組長はあまりにも若すぎます。虎《とら》がいなくなったら、眞鍋組はどうなるかわかりませんから」

正道は抑揚のない口調で語りながら、ラブホテルの駐車場に車を進めた。

「正道くん？」

氷川もラブホテルの看板を見たので、どこに車が入ったのかわかっている。眞鍋第三ビルの駐車場と違い、外国製の高級車は一台も停まっていなかった。やたらと軽自動車が目につく。

「着きましたよ」

正道の横顔は彫刻のように美しく、どこか神々《こうごう》しくすらあった。氷川には感情を読み取ることができない。

「どうしてこんなところに？」

「私も先生も楽しめる場所だと思います」

氷川は車から降りると、正道と一緒に歩きだした。駐車場の南にある出入り口から建物の中に入る。安っぽい造花が飾られたフロントに人はおらず、壁には部屋を映したモニター画面が並んでいる。

氷川は物珍しさに、きょろきょろと辺りを見回した。ゲームセンターのようにＵＦＯキャッチャーが何台も設置されている。ぬいぐるみやお菓子が詰められているものもあれば、女性が好きそうなブランド物がいっぱい詰まっているものもあった。

「ＵＦＯキャッチャーだ」

先日、元竿師《もとさおし》の遊び人と一緒に、生まれて初めてゲームセンターに足を踏み入れた時のことを思いだす。女の子にＵＦＯキャッチャーでぬいぐるみを取ってあげることが、親密になる第一歩だと言っていた。

「先生、その中にあるものが欲しいのですか？」

正道が不思議そうな目で、UFOキャッチャーを覗《のぞ》きこんでいる氷川を眺めた。

「僕、こういうのしたことがないんだけど、正道くんはしたことある?」

氷川がUFOキャッチャーを白い指で差すと、正道は首を左右に振った。

「ありません」

勉強と剣道に明け暮れていた正道らしい答えを聞いて、氷川は大きく頷いた。予想通りだ。

「やっぱり」

「どうされたんですか?」

正道が怪訝《けげん》な目をしているので、氷川は元竿師の遊び人のことを話した。

「ゲームセンターで遊んだことがないって言ったら感動? なんか感心されたことがあって」

「私もゲームセンターで遊んだことはありません」

いるところにはいるのだと、氷川は元竿師の遊び人に言いたかった。

「そうだよね」

「先生、どの部屋がいいですか?」

正道に優しく尋ねられて、氷川は目を瞠った。

「部屋?」

「私たちが泊まる部屋です」

正道が意味深な笑みを浮かべたが、氷川に危機感はない。部屋が映されているモニター画面を見つめた。

「いろんな部屋があるんだね。……あ、値段も安いのから高いのまでいろいろある」

「今はラブホテルをビジネスホテルのように使う人が増えているそうです」

世俗に疎《うと》い氷川は、正道の言葉に目を丸くした。

「そうなのか、知らなかった」

「どの部屋にしますか？」

「お風呂《ふろ》が面白いからここにしよう」

氷川がローマの大浴場のようなバスルームがついている部屋を選んだ。その部屋のボタンを正道が押すと、廊下にライトが点灯する。

「正道くん、これは何？」

「このランプに添って歩けば部屋に辿《たど》りつくと思います」

「迷子にならずにすむね。うちの病院もこういう道標みたいなのがあればいいのに」

スタッフに行き方を説明されるものの、病院内で迷っている患者は少なくはない。氷川は感心しながら、正道と一緒に点灯しているライトに添って進む。エレベーターで三階に上がり、突き当たりの部屋で止まった。

「先生、この部屋のようです」

「面白いね」

氷川がドアを開けると、異様なぐらい大きな丸いベッドが視界に飛び込んできた。

「そういう部屋だけのことはありますね」

正道の目は大きな丸いベッドに注がれたままだ。氷川も正道の意見に賛成した。

「正道くん、鏡も凄《すご》いよ」

氷川が鏡の天井を見上げると、正道も天を仰いだ。天井だけでなく、壁も鏡である。

「先生、そろそろよろしいですか」

メガネを外した正道に声をかけられたかと思うと、シーツの波間に優しく倒されてしまった。氷川が瞬《まばた》きを繰り返していると、正道はスーツの上着を脱いで覆い被さってくる。

「正道くん？」

「想像以上に細い」

正道は氷川の華奢《きゃしゃ》な身体つきを確かめているようだ。

「正道くんは細いと思ったけど結構逞《たくま》しい？」

氷川は正道の背中に腕を回して、筋肉質の身体に触れた。着痩《きや》せするタイプなのか、見た目よりも逞しい。

「少しでも義信に追いつきたくて鍛えました」

リキや清和に比べたら、遥《はる》かに正道はほっそりとしている。体格も才能のひとつだと聞いたことがあるが、まさしくその通りだ。

「正道くんの体質で、ここまで鍛えるのは大変だったよね」

氷川は正道の背中を称えるように軽く叩いた。おそらく、正道はどんなに鍛えても筋肉がつきにくい体質なのだろう。血の滲《にじ》むようなトレーニングを積まなければ、正道はもっと細かったはずだ。

「努力は誰にでもできます」

正道の自尊心の強さを表している答えに、氷川は感嘆の息を吐いた。

「それは君だから言えるのかもしれない」

「そうでしょうか？　義信も門弟や後輩に口癖のように言っていました」

「リキくん？　リキくんはもうべつの生き物……あれ？　メガネ、かけなくても見えるの？」

正道が裸眼でも不自由していないことに氷川は気づいた。

「はい」

「もしかして、あのメガネは伊達《だて》？」

正道に中性的な顔立ちにコンプレックスを持っている気配はないが、職業柄、不利なことは確かだ。

「警察でこの顔は不利ですから」

「その気持ち、よくわかるよ」

氷川も銀縁のメガネと白衣というアイテムがなければ、病院内でも医師だと見てもらえないだろう。

「先生、よろしいですか？」

正道が氷川のネクタイを緩め、白いシャツのボタンを外し始める。なんのために服を脱がすのか、氷川にも正道の目的はわかっていた。だが、やっぱりまったく危機感が湧かない。

「正道くんには無理だよ」

氷川が楽しそうにクスクス笑うと、正道は筆で描いたような眉を顰《ひそ》めた。

「私は健康な成人男子ですが」

正道のプライドをいたく傷つけたらしいが、氷川は気にしなかった。

「正道くん、リキくんを諦めようとして僕に手を出そうとしているんでしょう。リキくんを怒らせたいの？　そんな理由じゃ正道くんは僕とできないよ」

氷川がズバリ核心をつくと、正道は言葉を失った。

「僕とできるんだったら、とっくの昔に誰かと幸せになっているんじゃないかな。君は相当モテただろうし」

「…………」

正道の端整な顔と身体は強張《こわば》ったたままだ。

「僕を押し倒すなら、命がけでリキくんを押し倒したほうがいい。そのほうがまだ可能性があると思うよ。リキくんに一服盛って眠らせてしまうのも手かもしれない」

氷川は正道の身体の下から這《は》いでると、シーツの波間にちんまりと座った。ポンポン、と軽く正道の肩を叩く。

「…………」

「そのうち清和くんが乗り込んでくると思う。それまでお風呂でも一緒に入ろうか」

眞鍋組の追手《おって》が迫っていることは、正道もわかっているはずだ。おそらく、本気で氷川に手を出そうなどと考えてはいない。

「風呂？」

「せっかくだし」

古代ローマ風のバスルームが設備されているのだから楽しんだほうがいい。氷川は単純にそう思った。

「先生、怒っていないのですか？」

正道も起き上がると、氷川の隣で胡坐《あぐら》をかいた。

「僕は君の苦しい気持ちがわかるから怒れないんだ。諦めようとしても、諦められない君が悲しい」

正道はリキへの恋が実らないことを、誰よりもよく知っている。想《おも》い人《びと》を振り切ろうとして、懸命になっている姿は物悲しい。また、リキと亡くなった松本力也の親友だと聞いているので正道を嫌うほうが難しい。

「私は自分が同情される日がくるなど、夢にも思っていませんでした」

途方もない気位の高さが、正道の先を阻んでいるのかもしれない。それでも、気分を害した様子はなかった。

「リキくんも自分がヤクザになるなんて、夢にも思っていなかったと思う」

氷川が柔らかい笑みを浮かべた時、なんの前触れもなくドアが開いて、血相を変えた清和が飛び込んできた。その背後には鬼神さながらのリキがいる。

「先生っ」

氷川は清和が正道に殴りかかる前に、怒髪天《どはつてん》を衝《つ》くが如《ごと》くの彼に飛びついた。

「清和くん、なんでもないからね。落ち着いて」

氷川は清和の広い胸に自分の顔を埋めた。正道に手を挙げたら、どんな事態を招くかわからない。

「なんでもないだと？」

「うん、本当に何もない。キスもされていない」

氷川の言葉を聞いて、清和は正道を恐ろしいぐらい狂気を含んだ目で見つめた。正道の前に立ちはだかったリキは、珍しく感情が顔に出ている。リキは怒るどころかとても悲しそうだった。見ている氷川のほうが辛くなってしまう。

「そんな顔を見るのは初めてだ」

正道はリキの悲しそうな表情に驚いていた。今まで何があっても先頭に立って、雄々しく進むリキしか見たことがなかったのだろう。

「正道、お前がここまで馬鹿だとは知らなかった。いい加減にしろ」

リキは地を這うような声で正道を非難した。

「君は社会のクズ、公務執行妨害が簡単に成り立つ」

正道は淡々とした口調で言うと、所持していた拳銃《けんじゅう》を取りだした。そのまま銃口をリキに向ける。

「社会のクズに付《つ》き纏《まと》うお前は社会のクズ以下か」

リキは鈍く光る凶器から逃れようともしない。

「君に生きていられると苦しい。私のものになってくれないのならば、せめて死んでほしい」

手に入らないのならばいっそのこと殺したほうがいい、という正道の迸《ほとばし》るような心の叫びが氷川には聞こえた気がした。青褪めた清和の耳にも届いたのだろう。正道には凄《すさ》まじい殺気が漲《みなぎ》っている。

「俺は二代目のために死ぬ」

リキは正道に極道としての真髄を臆《おく》することなく示した。

「リ、リキくん、正道くん……」

氷川が清和の胸の中で叫ぶと、リキはいつもより低い声で答えた。

「姐さん、外に出ていてください」

「な、何をするの？」

氷川は恐怖にかられたが、清和に抱かれる体勢で部屋を出た。一触即発のリキと正道を置いて、ドアは鈍い音を立てながら閉まる。ガチャ、と自動ロックがかかった。

廊下にはサメとショウが肩を並べて立っている。

「……ふぁ…………姐さん……」

ショウは氷川の無事な姿を見ると、安心したのかその場に座り込んだ。サメは携帯電話で本部に詰めている祐に連絡を入れた。

「リキくん、嘘《うそ》でもいいからもうちょっとなんとか……」

リキの性格を考慮すればいたしかたないかもしれないが、正道のためにもほかの言い方があったと思う。あれでは正道にトリガーを引かれても仕方がない。氷川は眞鍋の頭脳の

意外な不器用さに溜め息をついた。単なる石頭というのかもしれないが。

「…………」

「清和くん、正道くんは本気だよ？」

氷川は心配でたまらなくて、険しい顔つきの清和の胸を叩く。彼は無言で尋常ならざる怒気を発していた。

「清和くん？」

「もっとほかに言うことがあるだろう」

憤懣《ふんまん》やるかたないといった風情の清和に、氷川は正直な感想を述べた。

「リキくんて本当に罪作りな男だね」

「違うだろう」

清和の怒りのボルテージが上がったので、氷川は目を丸くした。

「清和くん、どうしたの？」

「先生が正道さんに拉致《らち》されたと報告を受けた」

清和が受けた報告に、氷川は慌てて手を振った。

「拉致？　拉致されたわけじゃない」

氷川の答えに、清和の周囲はざわめいた。彼の背後に燃え盛る昇《のぼ》り龍《りゅう》が見えるのは気のせいではない。

「先生がついていったのか？」

　拉致されたわけではないが、自ら望んで正道についていったわけでもない。氷川は言葉の微妙なニュアンスに迷った。

「……ん、ついていったわけじゃない。あの場合、一番丸く収まる手段を取ったんだ」

「こんな場所に連れこまれて、いったい何をしているんだ」

　ラブホテルという場所に、清和は神経を尖《とが》らせていた。

「正道くんが僕に何をするの？　何もできないよ」

　氷川は明るく笑い飛ばしたが、清和の端整な顔は歪んでいる。廊下にへたり込んでいるショウは頭を掻《か》き毟《むし》っていた。

「先生……」

　清和が苛立っていることはわかるが、氷川にしてみれば不思議でならなかった。正道という男の本質を知らないからかもしれない。

「どうしてそんなにイライラしてるの。正道くんだよ？　正道くんは僕を本当にどうこうしようなんて思っていなかったから」

「あいつも男だ」

　以前のように男の下半身についてレクチャーされる気は毛頭なかった。第一、正道は清和が懸念を抱くような男ではない。清和だけでなく眞鍋の構成員たちは男すぎるのだろうか、変なところで過敏に反応した。誰もが誰も下半身に囚《とら》われて生きているわけではないのだ。氷川は不思議でならなかった。

「男だけど、清和くんが心配するような男じゃない。正道くんは僕が裸で迫ってもできないと思うよ」

氷川の喩《たと》えに清和は鋭い目をさらに鋭くした。ショウも廊下に座り込んだまま顔を醜く歪めている。サメは大げさに肩を竦《すく》めたが、何も言わなかった。

「先生……」

「そんなにピリピリしないで。それより、リキくん、正道くんに殺されるかもしれない」

なんとかして、と氷川が泣きそうな顔で清和に迫ると、眞鍋の頂点に立つ男は軽く言い放った。

「殺されるならば、もっと前に殺されている。気にするな」

予想だにしていなかった清和の返答に、氷川は呆然《ぼうぜん》としてしまった。

「……ちょ、ちょっといくらなんでもそんな」

「正道さんにリキを殺す度胸はない」

「度胸とかそういうのじゃないと思うけど」

ドアの向こう側からいつ銃声が聞こえてくるかと、氷川はひやひやしていたが、清和は静かな迫力を漲らせながら言った。

「リキは俺より先には死なない」

命は人の力ではどうすることもできない。それは修羅《しゅら》の世界で戦っている清和もいやというほど知っているはずだ。

「……どうして？」

「俺がリキに命じた」

初代・リキに死なれた清和は、現在生きている二代目・リキに命令した。俺よりも先に逝《い》くな、と。

清和は己の右腕とも頼んだ男に、二度も先に逝かれるのはいやだという。それはとりもなおさず、生への執着がないリキへの命令でもあった。

「清和くん……リキくんは清和くんのために死ぬ、って言ってたね。もう、死ぬとか、殺すとか、死ぬとか、殺すとか……」

氷川の脳裏を複雑な思いがぐるぐる駆け巡った時、超然として摑みどころのないサメが手打ちのように、ポンっ、と手を打った。

「ここはラブホテルと言いまして、男と女が出したり入れたりするところです。男と男も励むことができます。姐さん、そんなに心配ならリキの部屋の隣に部屋を取りましょう。銃声が聞こえたら駆けつけたらいい。ここのホテルのオーナーにはすでに話をつけています」

「サメくん、銃声が聞こえてからじゃ遅いと思う」

氷川がその場を想像して背筋を凍らせると、サメは高らかに笑った。

「一発ぐらい食《く》らっても死にません」

急所に銃弾を食らったら、いかな最強の男でも一溜《ひとた》まりもない。それは氷川よりサメのほうがよく知っている。

「死ぬよ」

「組長も言っていたけど、あのプライドのお高い正道クンに殺されるならとっくに殺されていたと思います。心配するだけ損です。せっかくですから、姐さん、組長と一緒にゆっくり楽しんできてください」

サメが上着のポケットから取りだしたハンカチをわざとらしく振ると、憔悴《しょうすい》しきった様子のショウも廊下にへたり込んだまま手をひらひらさせた。

「先生、来い」

清和に腰を抱かれて、氷川はサメとショウに白い手を振って返した。これが別れの挨拶《あいさつ》になる。

氷川は清和とともに、大きな丸いベッドが置かれている部屋に足を踏み入れた。

こちらの部屋の天井と壁に鏡は張られていないが、床はどぎついピンクのカーペットが敷かれていた。不思議系舎弟の信司が氷川のイメージで揃えたというピンクの可憐《かれん》さに改めて気づく。

氷川は壁に耳を当てて、リキと正道の様子を窺った。

「清和くん、何も聞こえない」

「防音は効いているはずだ」

「あ、そっか……でも、銃声ならいくらなんでも聞こえるよね。リキくんはまだ無事だ」

隣室の様子はわからないが銃声は聞こえないので、トリガーはまだ引かれていない。リキと正道は真正面から向き合って、話し合いを重ねているのだろう。血腥《ちなまぐさ》い結末が回避されるように氷川は祈るのみだ。

「心配しなくてもいい」

きっぱりと言い切った清和は、自信に満ち溢れている。もう氷川は清和の言葉を信じるしかなかった。

「ん……そうだといいな。清和くん、それでね？　どうしてカラオケが付いているの？」

氷川は清和の上着の袖口《そでぐち》を左手で摘むと、右の人指し指でスタンドマイクを差した。

先ほど正道と一緒に入った部屋よりも広く、カラオケがついていて、小さなステージにはミラーボールまでぶらさがっている。

「カラオケ付きの部屋だからだ」

清和の答えは氷川が求めた答えではない。氷川は部屋の中央に置かれている大きなベッドを指すと、確かめるように尋ねた。

「ここはえっちするホテルなんでしょう?」

「そうだ」

「どうしてカラオケ?」

氷川は右手でマイクを持つふりをした。恋人と愛し合うための部屋にどうしてカラオケの設備があるのか、氷川は到底理解できない。カラオケを楽しみたいならば、カラオケボックスに行けばいいからだ。カラオケボックスは眞鍋組が牛耳る界隈《かいわい》でも頻繁に見かける。

「需要があるから供給がある」

清和は横目でミラーボールを眺めて簡潔に言った。当然、清和の説明で氷川が納得できるわけがない。

「えっちしながらカラオケで歌うの? マイクを持って?」

氷川の素朴な質問に、清和は言葉を失った。どうやら、意表を突かれたらしい。

「清和くん、えっちしながら歌ったことあるの?」

氷川は想像を逞しくしたが、どうしても性行為とカラオケが融合しない。己の想像力の限界を思い知った。

「ない」

清和の反応を察するに、嘘はついていない。

「最中じゃなくって、えっちの前にカラオケとか？　ああ、えっちの後にカラオケ？　そういうものなの？」

恋人とふたりきりでカラオケを楽しむということも、氷川には想像できなかった。そもそも、過去に関係があった男たちとふたりきりでカラオケを楽しんだことなど一度もない。カラオケは付き合いで行く程度で、大勢でわいわいやるものだとばかり思っていた。

清和の視線はステージにあるスタンドマイクに向けられているが、氷川に対する返事はない。

「世の中にはいろいろな人がいるんだね」

氷川が氷川なりに自己完結させると、清和は大きく頷いた。カラオケの話題を終わらせたがっていることは間違いない。

氷川は隣の様子に気を配りつつ、部屋のあちこちを探った。ベッドの脇に置かれているチェストには、何種類ものコンドームが用意されている。

「こんなにいっぱい……」

S・M・L・極太とサイズが揃えられているので、氷川は感心してしまった。味が付いているコンドームに手を伸ばす。

「……先生？」

「ピーチ味にグレープ味だって」

氷川はピーチ味とグレープ味のコンドームを清和に見せた。

「…………」

「緑茶カテキン・ゼリー付き？　アロエエキス・ゼリー付き？　これはいったいどういう効用があるの？」

氷川の質問に清和は無言のまま答えない。

「イボ五百個付き？　イボ千個付き？　イボイボイボ？　つぶつぶ千個付き？　イボとつぶってどう違うの？　なんか本当にいろんなのがあるんだね」

氷川はコンドームの種類の多さにも目を瞠った。

部屋の片隅に置かれている冷蔵庫は、氷川が知る普通のビジネスホテルと同じタイプのものだ。けれども、冷蔵庫の隣にある自動販売機には度肝を抜かれた。

「清和くん、なんか変なのが売ってる」

ガラス張りの自動販売機には、さまざまなアダルトグッズが売られていた。氷川がこういったものを直《じか》に見るのは生まれて初めてだ。

「ああ」

清和は財布を取りだすと、一万円札を自動販売機の投入口に入れた。

「……清和くん？」

「どれが欲しいんだ？」

清和の表情はこれといってなんら変わらないが、楽しんでいることが氷川には伝わってきた。氷川は慌ててアダルトグッズの自動販売機から一歩下がった。

「べ、べつに欲しかったわけじゃない」

氷川は手と首を思い切り左右に振って誤解を解こうとしたが、清和は取り合おうとはしなかった。

「買ってやる」

清和の口ぶりはいつもと同じだが、氷川には手に取るようにわかる。彼は大人のおもちゃを買い与えたがっていた。

「いいよ……って、そういえば、ちょっと前、大人のおもちゃとか言っていたよね？　清和くんも大人のおもちゃで遊びたいんだっけ？　ダッチワイフで遊びたいんだよね？　でも、ここにダッチワイフは売られていないね」

眞鍋組のシマにあるアダルトグッズの店の前を通った時に、元竿師の遊び人と交わした会話を思いだした。氷川は自動販売機に近寄って、商品をざっと見たが、ダッチワイフらしきものは見当たらない。

「…………」

清和はダッチワイフで遊びたいとばかり思っていたが、氷川の思い違いのようだ。彼がダッチワイフを望んでいないので、氷川は目を大きく見開いた。

「ダッチワイフで遊びたいわけじゃないんだね？」

氷川が確認すると、清和は低い声で答えた。

「……ああ」

「じゃあ、どれがいいの？」

「先生が……」

清和は氷川に選ばせようとしていた。

愛《いと》しい清和の望みならば、できる限り叶《かな》えてやりたい。氷川は大人のおもちゃの自動販売機を見つめた。

「大人のおもちゃ……このボタンを押してみようか」

氷川は目の前にあった自動販売機のボタンを押して、中から商品を取りだした。それがなんであるか確認した途端、氷川は床に座り込んでしまった。

「先生？」

清和に肩を揺さぶられて、氷川はやっとのことで我に返った。

「……清和くん、こ、これ」

氷川は自動販売機で購入した商品を、清和の鼻先に突きつけた。

「…………」

清和はバイブレーターを選んだ氷川にしごく満足そうだ。

「なんで、そんなに嬉しそうなの？」

いくら氷川がこちらのことに疎くても、バイブレーターがどういうものかは知っている。氷川が選んだおもちゃは、異様なぐらい大きいし、パール状の突起がいくつもついていて途方もなくグロテスクだった。

「…………」

「清和くん？」

氷川はバイブレーターを持ったまま、清和のそばににじり寄った。

「…………」

清和はグロテスクなバイブレーターと氷川の顔を交互に見つめている。

「清和くん、バイブレーターが好きなの？　……そういうわけじゃないみたいだね？」

氷川は無言の清和の表情を読み続けた。そして、清和の本心にようやく気づく。脳天をハンマーでカチ割られたような気がした。

「せ、せ、清和くん、もしかして、僕にこれを入れて遊びたいの？」

氷川が真っ赤な顔で問うと、清和は口元を少しだけ緩めた。年下の男は無言で氷川の言葉を肯定している。

「どうして清和くんのを入れずに、こんなのを入れるの？」

圧倒的に負担が大きい氷川の身体を慮《おもんぱか》って、清和は自分から性行為を望んだりはしないが、いつも欲しがっている。氷川にしてみればどうして清和が大人のおもちゃを使いたがるのか理解できない。

元竿師の遊び人ならば『男なんやから当たり前やろ』と言いそうだが、清和は何も答えなかった。それでも、彼は壮絶な男性フェロモンを発して、自分が獰猛《どうもう》なオスであることを氷川に教えた。

「そうだ、清和くんはいやらしいことをしたがるよね」

身体を傷つけないように細心の注意を払ってくれるものの、清和はあらぬところを凝視したかと思えば執拗《しつよう》に舐《な》めたり、淫《みだ》らに煽《あお》るように弄《まさぐ》ったり、氷川が羞恥心《しゅうちしん》で身悶《みもだ》えるほど卑猥《ひわい》なことをしたがった。清和の淫猥《いんわい》な行為を止めるのに氷川はいつも必死だ。

「………………」

「清和くん、素直でいい子なのに」

氷川は清和のベルトを外して、ズボンの前を開いた。たおやかな白い手で清和の分身を取りだすと、床に置いたバイブレーターと交互に見つめる。

「……先生？」

氷川は清和の分身に左手を添えたまま、右手にバイブレーターを持つと、じっくりと見比べた。

「……うん」

「………」

「これで遊ぶ人がいるんだね」

氷川が清和に視線を流すと、年下の彼は切れ長の目を細めた。そして、氷川の手からバイブレーターを取り、箱に入っていた電池をセットする。清和は何も口にしないが、とても楽しそうだ。

「清和くん？」

清和からバイブレーターを手渡されて、氷川は思い切り戸惑った。それでも、握らされた大人のおもちゃを放り投げることはしない。

「………」

清和は微かに頬を緩めて、電源のスイッチを押す。

その瞬間、グロテスクなおもちゃは耳障《みみざわ》りな音を立てながら動きだした。

「せ、清和くん……」

氷川は己の手にあるバイブレーターをじっと見つめた。これ以上ないというくらい卑猥なものだが、だからといって氷川は何も感じない。

「………」

「僕は清和くんのほうがいい」

氷川は手にしていたバイブレーターのスイッチを切って床に置くと、清和の分身を両手で握る。優しく握ったつもりが力が入ってしまい、清和が男らしい眉を顰めた。

「……っ」

「あ、ごめんね」

氷川は慌てて手の力を緩めると、清和の唇にキスを落とす。続けざまに、鼻先や目尻《めじり》にも羽毛のように優しいキスを落とした。

すると、清和の携帯電話にサメからメールが届く。なんでも、リキは無事に正道から解放されたらしい。

「ゆっくりしろ、だと」

清和はネクタイを緩めながら、部下の心遣いを口にした。

「なんか、恥ずかしいね」

いくらふたりの関係が認められているとはいえ、ラブホテルでゆっくりするのは気恥ずかしい。氷川は白い頬を薔薇色《ばらいろ》に染めて恥じらう。

氷川の羞恥心に清和は軽く微笑んだ。

「いやか？」

「いやじゃないけど」

気恥ずかしいが、いやではない。氷川は清和の唇をペロリと舐めると、彼のスーツの上着のボタンを外した。ネクタイを引き抜き、白いワイシャツも脱がせる。鍛え上げられた逞しい身体が氷川の目前に現れた。

どんなに氷川が努力しても、清和のような逞しい体軀《たいく》の持ち主にはなりえない。

「お風呂に入ろうか」

氷川は清和とともにバスルームに向かった。


バスルームに入った途端、氷川の目はハート形のバスタブに釘付《くぎづ》けになった。それもこれ以上ないというくらいどぎついショッキングピンクだ。

「せ、清和くん、ハート形だ」

氷川は腰を抜かさんばかりに驚いたが、清和はいつもと同じように淡々としていた。

「そうだな」

「こんなのがこの世にあるんだ」

氷川が感心していると、清和は湯を張るためのボタンを押した。ハート形のバスタブに湯が溜まり始める。

壁にも大きなピンクのハートが描かれていて、ロマンティックというより不思議な空間と化していた。古代ローマ風の大浴場を模した隣のバスルームのほうが、テーマが絞られているぶん、わかりやすくていいかもしれない。

タイルの床にはピンクの洗面器とともに椅子《いす》が並んでいる。氷川はそのピンクの椅子の形に目を奪われた。一般のホテルや旅館で見かけたことは一度もない。デパートやスーパーマーケットのバスグッズのコーナーで見たこともなかった。

「清和くん、ソープランドの椅子があるよ」

氷川がピンクの椅子を白い指で差すと、清和は鋭い目を細めて尋ねてきた。

「ソープランドの椅子だとわかるのか？」

「先輩や同僚が製薬会社の営業にソープに連れていかれたんだ。その時のこと、聞いてもいないのに詳しく教えてくれたから」

おとなしそうな氷川を揶揄《からか》うつもりで、先輩や同僚はソープランドでの詳細を嬉々《きき》として語ったらしい。猥談に参加するのは一般社会で生きる男の掟《おきて》だ。

「そうか」

氷川はシャワーヘッドを握ると、ピンクの椅子や昇り龍を刻んだ清和の身体に適温のシャワーを注いだ。若い清和の肌は気持ちいいほど湯を弾く。

「清和くん、座って」

清和をピンクの椅子に座らせて、氷川はタイルの床に膝をついた。そして、ピンクの椅子の形に納得した。

「……先生？」

氷川は清和の股間《こかん》を凝視したまま手を叩いた。

「清和くん、わかった、わかったよ。だから、この椅子はこういう形をしているんだね。百聞《ひゃくぶん》は一見《いっけん》に如《し》かず、っていう諺《ことわざ》は本当だね」

氷川は満面の笑みを浮かべていたが、清和の視線は宙を彷徨っていた。

「この椅子、清和くんを洗うのに便利だからうちにもひとつ欲しいね」

氷川は清和の足の間に座ると、スポンジにボディシャンプーを垂らした。甘いフローラル系の香りが辺りに漂う。

「…………」

「どこに行けば売ってるのかな」

氷川は生命力に満ち溢れている清和の身体を、スポンジで優しく洗いながら言った。ちっともじっとしていない子供の頃と違い、雄々しい美丈夫に成長した清和は従順でされるがままだ。

「…………」

「清和くん、どこで売ってるか知ってる？」

「手配させる」

清和の口ぶりから、どのような経緯で入手するのか氷川にはわかった。清和が君臨する不夜城に眞鍋組資本のソープランドはいくつもある。

「舎弟さんたちに用意させるのはちょっと恥ずかしいからやめて。僕が自分で買ってくるから」

氷川はスポンジを摑んだまま、首まで真っ赤にして拒んだ。氷川にも氷川なりの恥じらいがあるのだ。

「…………」

「僕が買うから舎弟さんたちに命令しちゃ駄目だよ」

駄目だよ、という意図で氷川は清和の股間の一物を指で突いた。

「…………」

「可愛いね」

形や大きさは決して可愛いものではないが、氷川にとっては頰ずりしたいほど可愛い清和の象徴だ。

「…………」

清和の表情はなんら変わらないが、男の身体は正直だ。氷川が触れた途端、清和の分身は形を変えた。

「いい子だね」

　氷川は真っ白な肌を赤く染め上げると、亀頭を親指の腹で撫でた。手の中にある赤黒い肉塊は面白いくらい膨張する。

「…………」

　先ほどから艶《なまめ》かしい氷川の姿に、若い清和はさんざん煽られている。じっと耐えてきたが、もう己を抑えこむことは諦めたようだ。

「リキくんもいい子になればいいのに」

　欲望に忠実な清和の分身に触れているせいか、頑固な石頭のリキが脳裏に浮かび上がる。

「…………」

「リキくんがいい子になったら、正道くんも幸せになるのに」

「…………」

「正道くん、殺すとか殺さないいじゃなくて、もういっそのこと、拳銃で脅《おど》して襲えばいいのに」

　正道の苦悩を考えると、氷川はどうしてもリキを詰《なじ》ってしまう。小さな声でも言えない手段を堂々と口にした。

　清和は何も言わないが、氷川を非難している気配はない。

「清和くん、何か言って？」

ずっと口を閉じている清和に、氷川は言葉をねだった。

「こんな時にほかの男の話はよせ」

氷川に煽られた清和の肉塊は、今にもはち切れそうなくらいに膨張していた。清和にしてみれば、もう他人の話どころではない。

「それもそうだね」

清和の状態に気づいて、氷川も耳まで赤くして頷いた。そろそろ自分の身体に迎えてやらねばならない。

「…………」

「それにしても、このボディシャンプーのあわあわ、凄いね」

泡立ちのいいボディシャンプーに、氷川は少なからず驚いた。こちらもラブホテル仕様の特別製だ。

「…………」

清和と氷川の周辺のタイルは泡だらけになっている。気をつけないと、滑りそうだ。

「ボディシャンプーは普通のでいいと思う」

「…………」

自分で自分の身体を洗おうとする様を、清和がじっと見つめているので、氷川は恥ずかしさでいっぱいになった。

「見ちゃ、駄目」

「………………」

「ちょっと、あっち向いてて」

氷川が壁のピンクのハートを差すと、清和は言う通りに視線を流した。けれども、横目でこちらを窺っている。

ちょうど、氷川は際《きわ》どいところを洗おうとしていた。

「清和くん、こっち向いちゃ駄目」

氷川は開いている手で清和の膝を軽く叩いた。

「俺が……」

俺が洗う、と清和が言いかけたので、氷川は身体を震わせながら遮った。

「絶対に駄目」

「………………」

「いい子だから、じっとしてて」

氷川はピンクのハートが描かれた洗面器で、清和の視界を遮った。

「…………」

洗面器越しに清和がどのような顔をしてどんな気持ちを抱いてるのか、氷川は想像することもしなかった。

「ちょっと待ってて」

氷川は右手だけで自分の身体を手早く洗うと、シャワーでボディシャンプーの泡を流した。清和の若々しい身体にもシャワーをかける。

ハート型のバスタブに湯も張られ、広々としたバスルームには白い湯気が立ちこめた。水に濡れた氷川の肢体は、若い清和の劣情を煽るだけ煽っている。耐えるのもそろそろ限界だろう。

「清和くん、すぐにしたい？」

清和から返事はないが、肉体は雄弁に語っている。

「ここでいいよ」

「いいのか？」

清和は躊躇いがちに確認を取るが、ここで氷川が拒んだら困惑するだろう。彼の第二の人格は欲望に忠実だ。

「うん」

氷川と清和は視線を合わせると、どちらともなく唇を重ねた。密着したところから、清和の熱が伝わってきて、氷川の下肢も疼《うず》く。

舌を絡ませた濃厚なキスを終えた時、氷川の視界にピンクのマットが飛び込んできた。

「清和くん、マットがある。なんでこんなところにマットが……」

「…………」

清和の反応から氷川は自分がいる場所を再確認した。マットの隣にはローションのボトルも置かれている。

「ああ、そうだよね、そういうホテルなんだよね。だから、こういう椅子とマットがあるんだよね」

氷川は納得すると、清和の腕を引いて立ち上がらせた。そのまま清和をピンクのマットに横たわらせる。

「よいしょっ」

氷川は肌をほんのりと染めて、清和の身体に跨《また》がった。ローションのボトルを手にすると、清和の逞しい身体に垂らす。

「…………」

甘い香りのするローションを、天を衝いている清和の分身にもたっぷりと垂らした。

「こ、これ……ヌルヌルする」

氷川が想像していたローションとはまた一風違ったようで、注意していないと清和の身体から滑り落ちそうだ。

「…………」

氷川は清和の腕にほっそりとした腰を摑まれた。

「清和くん、な、なんか、僕、変かも……」

ヌルヌルっとする感触に、氷川の身体も熱くなった。清和の身体は氷川を求めて今にも爆発しそうだ。

「………」

清和が何を欲しがっているか、氷川はちゃんとわかっている。ぬめりのあるローションを、ふたりがひとつになるところにたっぷりと擦りつけた。己の最奥《さいおう》と清和の分身を合わせる。

「清和くん、いっぱい出してね」

氷川は愛しい男の熱を鎮めるために、細い腰をゆっくりと落とした。

白い湯気が立ち込めるバスルームで一度愛し合った後、氷川は清和に抱かれてスプリングの効いた大きなベッドに運ばれた。氷川の白い肌は火照ったままだし、清和の興奮も未《いま》だ収まらない。ふたりは同じものを求めていた。

「清和くん……」

氷川が濡れた目で清和の首に白い腕を伸ばした。それが合図だ。わざわざ口に出さなく

ても清和には通じる。

「いいんだな」

清和は獰猛なオスの顔で、氷川の肌に唇を這わせた。

それから、一度だけでは足りなくて二度、ふたりはベッドの上で絶頂を迎える。若い男はまだ満足していないようだったが、氷川の体力はここまでだった。だんだん意識が薄れていく。

「清和くん、好き……」

「俺も……」

氷川の意識は朦朧《もうろう》としているが、愛しい男の声は決して聞き逃さない。純情な彼が照れていることもわかった。

「……嬉しい」

「………」

清和の優しい温もりが、氷川の身も心も蕩《とろ》けさせる。若い彼がいつも望んでいることは知っていた。いくらでも愛しい男に与えたい。

「……していいよ………」

氷川は閉じていた足を左右に開いた。しかし、とうに氷川の体力は限界を超えていたのだ。潤滑剤でいやらしく濡れた秘部を清和に晒《さら》したまま、とうとう意識を手放した。

「……参ったな」

清和は夢の国に旅立った氷川の肢体を、情欲に濡れた目で見つめる。ここで氷川を叩き起こせるならば、普段、尻に敷かれてはいないだろう。

軽い寝息を立てている氷川は、夢の中でも清和と抱き合っていた。

7

祐《たすく》は顔立ちも声も甘いが、口にする内容は眞鍋《まなべ》組の中で一番きつい。

「リキさん、正道《まさみち》さんは必ず出世します。これをみすみす逃す手はありません。抱いてあげてください」

同期の中でも頭ひとつ飛びでている正道は、将来を嘱望されている。祐としては今後の眞鍋のために是非《ぜひ》とも押さえておきたい。けれども、正道を繋《つな》ぎ止《と》めておくための駒《こま》はきっぱりと拒絶した。

「断る」

「正道さんに優しくできますか？　できないでしょう？　優しくできないのならば抱いておいてください。きっと抱くほうが楽ですよ」

「祐、いい加減にしろ」

「甘い言葉で夢を見させることはできないでしょうが、抱くぐらい、リキさんにもできるでしょう」

「祐、正道のことは忘れろ」

極道には極道の道がある、とリキは橘高《きったか》に叩《たた》き込《こ》まれたヤクザの精神を語ろうとしたが、祐は鼻で笑い飛ばした。

「飛んで火に入る夏の虫、誰が逃すものですか」

「祐、お前はこんな手段を橋高顧問や安部《あべ》さんに言えるか？」

「組長と眞鍋のためです。堂々と言えますよ」

リキと祐の激しい言い合いで、氷川《ひかわ》は目を覚ました。清和《せいわ》と愛し合ったベッドに氷川はひとりで寝ている。氷川は生まれたままの姿で、身体《からだ》には清和がつけた所有の証《あかし》が花弁のように散らばっていた。

「……あれ？」

氷川がベッドでゆっくりと上体を起こすと、部屋の片端に陣取っていた眞鍋組の主要メンバーはいっせいに床に手をついて頭を下げた。

「姐《あね》さん、お勤めご苦労様でした」

ショウ、サメ、祐、リキといった面々に含みのある挨拶《あいさつ》をされて、氷川はいたたまれなくなってしまった。

この部屋で何が行われていたか、みんな、知っているはずだ。ベッドの脇《わき》にあるゴミ箱には使用済みのコンドームが捨てられている。氷川は気恥ずかしくて白い肌を赤く染め上げた。今さらだと思うのだが、さすがに誰とも視線を合わすことができない。身体についている性行為の跡を隠すため、薄い胸のあたりまでシーツを引っ張り上げた。

もっとも、眞鍋組の男たちはベッドからだいぶ離れている場所でそれぞれ胡坐《あぐら》をかいているので、氷川の白い肌を確認することはできない。また、清和が抱いている氷川の身体を見つめたりもしない。

舎弟たちの中心にいる清和は平然としていた。氷川がキスマークをつけた上半身を臆《おく》することなく晒《さら》している。

床には人数分の缶ビールと缶チューハイが置かれ、ショウはイカの燻製《くんせい》とチーズかまぼこを交互に食べていた。

「姐さん、どうでした？」

含みのある祐の言葉に、氷川は羞恥心《しゅうちしん》でいっぱいになった。

「祐くん……」

氷川が言葉に詰まっていると、祐の柔らかな表情が凶悪なものにガラリと変わった。

「また拉致《らち》されましたね」

正道にこの場所へ連れ込まれたことを、詰《なじ》られているのは明らかだ。氷川は慌てて反論した。

「拉致されたわけじゃない」

「姐さんのガードを増やします」

祐が決定事項として告げると、清和は無言で承諾した。ほかの面々も当然だという顔をしている。

「これ以上、やめてくれ」

氷川が目を吊《つ》り上《あ》げると、祐は腹の底から絞りだすような声で言った。

「いい加減、ご自分の立場を自覚してください」

「自覚している」

氷川は咄嗟《とっさ》に掴《つか》んだ枕《まくら》を誰もいない壁に向かって投げた。祐目がけて投げないところが、氷川の優しさかもしれない。

言うまでもなく、祐は氷川の枕攻撃に怯《ひる》んだりはしなかった。

「自覚しているならば、それ相応の行動をお願いしたい」

威嚇のつもりなのか、祐は床を勢いよく叩《たた》きながら凄《すご》んだ。

「祐くん、そんなに力んだらまた声が嗄《か》れるよ」

氷川は憎々しげに祐の弱い喉《のど》を指摘した。

「その時は姐さんに責任を持って治療していただきます」

氷川と祐は真剣に睨《にら》み合《あ》った。

「もう、とりあえず、僕の診察を眞鍋の組員さんが指名するのはやめて」

「さっさと覚悟を決めて、姐さん本来のお勤めに励んでくれませんか」

ここで負けたら終わりだと、氷川は必勝の文字を胸に祐に言い返した。

「お勤めには励んでる」

ふっ、と祐は鼻で笑った後、ズバリと言った。

「姐さんのお身体を気づかって、うちのヤりたい盛りの若い組長は我慢されている。仕事を辞めてください」

清和が陰で舎弟たちに何を言っているのか、問い詰めるのは後だ。氷川はシーツを握りしめて言い放った。

「僕、いざとなったら清和くんを養わないといけないから」

「うちの組長は若いけど、姐さんに金の心配はさせません。その心配だけは無用です」

以前、清和も同じようなことを口にした。清和にはインテリヤクザとしての自負もある。

「先のことなんかわからないでしょう。ヤクザなんかに絶対にならないような高徳護国義信《たかとくごこくよしのぶ》くんがヤクザになったんだから」

そこまで言った氷川は、缶ビールを手にしているリキの姿を確認して驚愕《きょうがく》した。

「リ、リキくん、どうしたの？」

リキの唇の端と目尻《めじり》は切れ、極彩色の虎《とら》を刻んだ身体には無残な殴打の跡がいくつもあった。鳩尾《みぞおち》と右腕には包帯が巻かれ、指先にはテープが貼《は》られている。こんなに痛めつけられたリキを見たのは初めてだ。

「気にしないでください」

リキはいつもと同じ調子で答えたが、氷川は声を張り上げた。

「気にしないでっていう怪我《けが》じゃないでしょう……こ、抗争？　抗争じゃない、も、もしかして、正道くんにやられたの？」

正道は殺してでも手に入れたいリキに銃口を向けていた。リキは銃口を向けられてもいっさい動じず、あまつさえ正道の神経を逆撫《さかな》でするようなことを口にしたのだ。

「気のすむまでやらせたのですが」

殺気立っていた正道を静めるため、リキはいっさい抗わなかったようだ。撃ち殺されなくてよかったと言うべきなのかもしれないが、リキの身体に残る傷に正道の心の痛みを見た。恋しい男を諦《あきら》めようとして、諦めきれずに、正道は悶《もだ》え苦《くる》しんだに違いない。非の打ちどころのない正道の唯一の汚点は、社会のクズと称したヤクザを忘れられないことだろう。

「正道くん、可哀相《かわいそう》に……」

正道にいたく同情する氷川を、リキは視線で非難した。清和とショウも無言で氷川を詰っている。サメは缶チューハイを飲み干すと、ミラーボールが吊るされているステージに寝っ転がった。

ただひとり、祐が高らかに笑い飛ばす。祐はエリート街道を驀進《ばくしん》している正道を利用しようと画策しているからだ。

「リキさん、我らが麗《うるわ》しの姐さんもこのように言っています。正道さんを抱いてあげてください。抱くぐらい簡単でしょう。正道さん、喜びますよ」

祐は隣にいるリキの肩を軽く叩いた。傷口を叩かないところが祐の良心かもしれない。

「祐、その話はもうやめろ」

リキは舎弟に当たる祐を抑え込もうとしたが無理だった。祐には正道を駆使したシナリオが完成している。

「甘っちょろいことを言わないでください。正道さんだけでなくデザイナーの楓《かえで》さんもホストの大輝《だいき》も抱いてあげてください。これからの眞鍋に必要です」

祐はリキに焦《こ》がれているデザイナーの楓やホストの大輝の名まで挙げた。

「無用」

「いちいち説明しなくてもわかっているでしょう？　大輝は与党の大物代議士の隠し子です。デザイナーの楓さんは眞鍋の新しいビジネスに繋がります。手放すには惜しい」

祐は利用価値がある大輝や楓、正道を眞鍋のためにとことん使うつもりだ。氷川はひたすら驚いたが口が挟めない。

「祐、お前のシナリオは汚い」

リキも古いタイプの極道には手段が汚いと罵《ののし》られるが、祐はそれ以上だった。清和もショウも無言でリキに同意している。裏の仕事を一手に引き受けているサメはノーコメントを貫いている。

「眞鍋の虎《とら》にそんなことを言われるとは思いませんでした。今の眞鍋は名取《なとり》グループの上に成り立っています。このままでは名取グループの眞鍋支社になります……いや、今でも眞鍋支社ですが。世話になった名取会長ならいざ知らず、名取のお坊ちゃまに眞鍋組が顎《あご》で使われるのはムカつきますよ」

名取グループの眞鍋支社と言われて、リキは反論しなかった。清和も甘んじて受け止めている。眞鍋組のビジネス面での躍進は、絶大な権力を握る名取グループ会長の援助なくしてありえなかった。

時は止まらずに流れ続けるし、絶対というものもない。友好的な関係を築いていても、眞鍋組と名取グループが対立する日を迎える可能性も否定できない。そのためにも、眞鍋組は独自の力を蓄えておかなければならないだろう。しかし、リキは祐の要望を承諾しなかった。

「祐、小汚いシナリオはいつか破綻《はたん》する」

「リキさん、死んだ松本力也《まつもとりきや》に気兼ねして女を拒んでいるんでしょう？　男だったら松本力也に気兼ねする必要ないじゃないですか。松本力也は根っからの女好きでしたから」

祐もリキが女性を避けている理由を知っていた。納得できるようで何か釈然としない説を胸を張って高らかに述べる。

「…………」

「ひとまず、正道さんには有閑マダムに対するホスト並みに優しく接してあげてくださいね……って、口の重いリキさんに無理ですね。抱いてあげてください。それだけでいい……それが一番いいと思いますから」

祐は手っ取り早い正道の懐柔法を提案したが、リキは無言で拒絶した。

祐は眞鍋の中で誰よりも甘い顔立ちをしているが、誰よりも辛辣《しんらつ》で狡猾《こうかつ》だ。口を固く噤《つぐ》んだリキから清和に視線を流した。

「リキさん、わかりましたね」

「組長、組長からもリキさんに何か言ってください」

清和とリキ、不夜城に彗星《すいせい》の如《ごと》く現れた眞鍋が誇る竜虎《りゅうこ》も口では太刀《たち》打《う》ちできず、ふたり揃《そろ》ってだんまりを決め込んでいる。

氷川は目的のためには手段を選ばない祐が、頼もしくもあり恐ろしくもある。それでも、祐が清和に忠誠を誓っていることは明白なので不安はない。祐は祐なりに、若い清和を守《も》り立《た》てようとしているのだ。ひとりぐらい、こういう男がいてもいい。

何より、血腥《ちなまぐさ》い抗争の話をしているわけではないので、氷川にしてみればまだ気は楽だ。

氷川は清和との平和な日々がいつまでも続くように願った。もちろん、リキや正道の幸福も心の底から祈った。誰もが納得のいく答えを見つけられればいい。それが無理だと一般社会で生きている氷川はわかっているが、そう願わずにはいられなかった。

あとがき

講談社X文庫様では十四度目ざます。十四度目のご挨拶《あいさつ》ができて嬉しいざます。日々、キッチンで格闘している樹生《きふ》かなめざます。

自分でメシを作るぐらいならば食《く》わないほうがマシだ、が若かりし頃の樹生かなめの座右の銘《めい》でございました。自慢にもなりません。

ほんの数年前までは料理なんぞまったくしなかったのですが、現在、玄米に十六種類の雑穀を混ぜて炊いております。野菜中心の食生活ざます。タマネギやニンジンをスライスして、よく指を切っております。納豆やオカラも毎日のように食べております。以前はコーヒー党でしたが、コーヒーは身体《からだ》を冷やすとお聞きしたので、紅茶に生姜《しょうが》やリンゴ酢を入れて飲んでおります。青汁を混ぜた豆乳を飲むこともございます。

いいえ、なんざますよ。氷川に倣《なら》ってというわけではないのですが、やはり、何事も身体が資本ざますからね。

ええ、もちろん、あまりにも清らかな食生活をしていると発作が起きます。ケーキやアイスの馬鹿食《ばかぐ》いが……チーズおかきやお煎餅《せんべい》をつまみに炭酸で割った日本酒をぐでんぐでんになるまで飲んでいたり……ファストフードの食べ歩きに出てしまったり……チョコレートを食べながら飲むコーヒーは最高だとしみじみと実感したり……やはり、清らかな食生活への道のりは遠いざます。

それでも、自炊しなかった頃に比べたら健康的かな、と。けど、指を切って血を流すこともなかったかな、とも。

こんなことで感慨にふけっている場合ではございませぬ。

それではでございます。

奈良千春《ならちはる》様、今回も素敵な挿絵をありがとうございました。深く感謝します。

担当様、いろいろとありがとうございました。深く感謝します。

読んでくださった方、ありがとうございました。

再会できますように。


ピーラーでキャベツとともに指を千切りにしかけた樹生かなめ

樹生かなめ先生の『龍の右腕、Dr.の哀憐』、いかがでしたか？
樹生かなめ先生、イラストの奈良千春先生への、みなさんのお便りをお待ちしております。

樹生かなめ先生へのファンレターのあて先
〒112-8001　東京都文京区音羽2-12-21　講談社　文芸X出版部「樹生かなめ先生」係
奈良千春先生へのファンレターのあて先
〒112-8001　東京都文京区音羽2-12-21　講談社　文芸X出版部「奈良千春先生」係

N.D.C.913　238p　15cm

樹生かなめ（きふ・かなめ）

講談社X文庫

血液型は菱型。星座はオリオン座。

自分でもどうしてこんなに迷うのかわからない、方向音痴ざます。自分でもどうしてこんなに壊すのかわからない、機械音痴ざます。

自分でもどうしてこんなに音感がないのかわからない、音痴ざます。自慢にもなりませんが、ほかにもいろいろとございます。でも、しぶとく生きています。

樹生かなめオフィシャルサイト・ROSE13
http://homepage3.nifty.com/kaname_kifu/

white heart

龍《りゅう》の右腕《みぎうで》、Dr.《ドクター》の哀憐《あいれん》

樹生《きふ》かなめ

●

2008年10月３日　第１刷発行

定価はカバーに表示してあります。

発行者――野間佐和子
発行所――株式会社　講談社
東京都文京区音羽2-12-21 〒112-8001
電話 編集部 03-5395-3507
販売部 03-5395-5817
業務部 03-5395-3615
本文印刷－豊国印刷株式会社
製本――株式会社千曲堂
カバー印刷－半七写真印刷工業株式会社
本文データ制作－講談社プリプレス管理部
デザイン－山口　馨

ISBN978-4-06-286570-8